私はたゆたい、私はしずむ

石川智健

中央公論新社

目次

主な登場人物

羽木 薫 （はねぎ かおる）	警視庁立川署刑事課所属。
赤川剣信 （あかがわけんしん）	警視庁立川署刑事課所属。
勝木慎二 （かつき しんじ）	赤川の友人。大学准教授。民俗学専門。
菅野 徹 （かんの とおる）	無人の客船に乗り込んだ若者たちのリーダー。 多角経営を行う。
近藤夏帆 （こんどう か ほ）	貿易会社経営。鉱山会社社長の娘。
村上美優 （むらかみ み ゆ）	アパレルブランド経営。アパレル会社専務の 娘。
海原宗助 （うなばらそうすけ）	ホテル経営。半導体メーカー社長の息子。
西多摩利久 （にしたま としひさ）	人材派遣会社経営。ゼネコン副社長の息子。
五十嵐祐樹 （いがらしゆうき）	不動産会社経営。大地主の息子。
三宅昭人 （み やけあき と）	食品会社役員の息子。

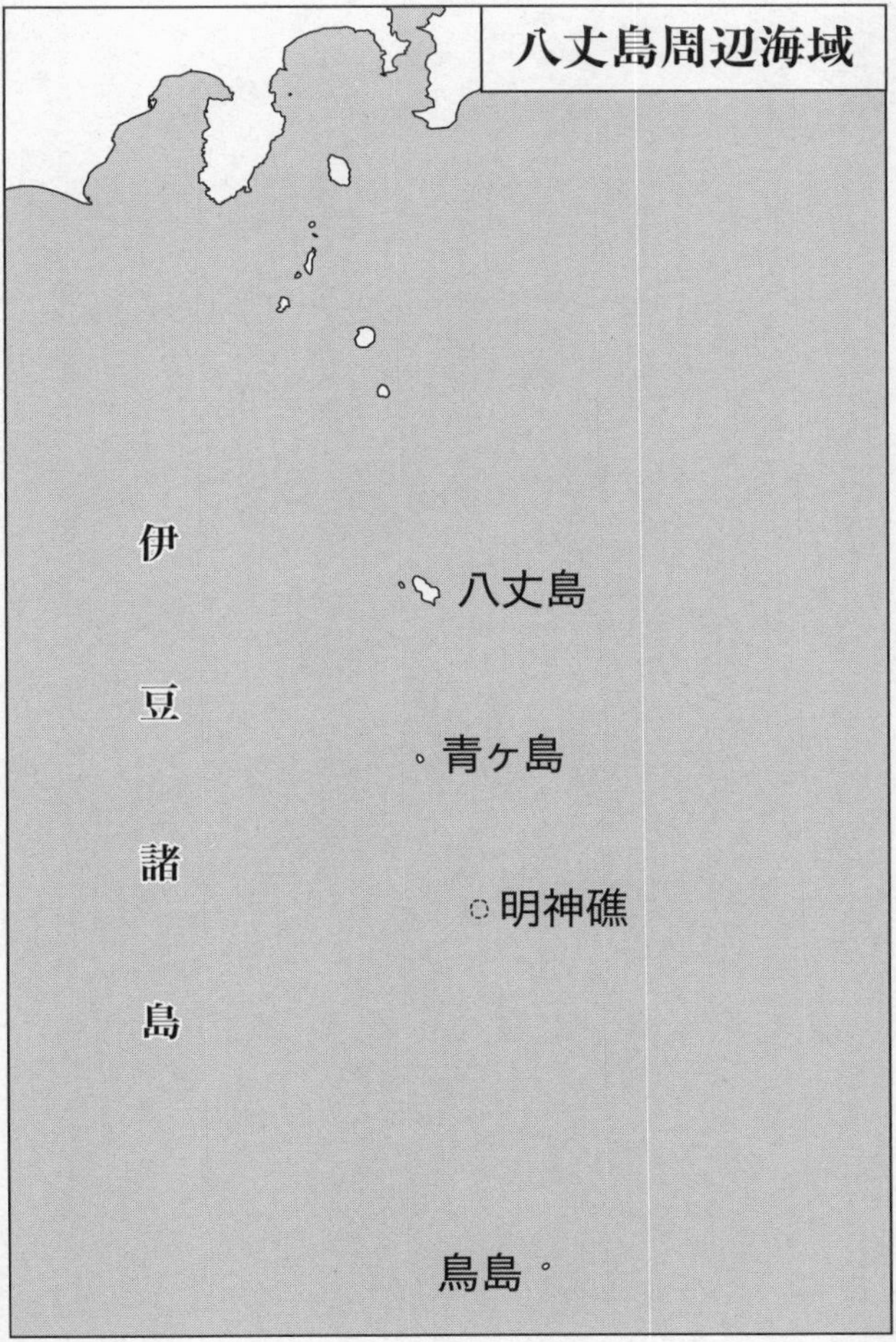

八丈島周辺海域
伊豆諸島
八丈島
青ヶ島
明神礁
鳥島

私はたゆたい、私はしずむ

プロローグ

私は殺された。

間違いなく死に、遺体は葬られた。深く、とても深く、陽《ひ》の光が届かない場所に。誰も気付いてくれないような、冷たく、暗いところに、私は沈められた。

それでも、こうして考えることができる。考えることで、死という絶対的な枷《かせ》を抜け出し、浮上する。

私は生き返ったのだ。

生き返ったら、私はどうする。人生を謳歌《おうか》する？

その前にやることがある。

怖かった。

痛かった。

辛《つら》かった。

悲しかった。

それらを与えたのは、誰だ。

知っている。奴《やつ》らだ。

奴らが、私を死に追いやった。

私は殺された。それでも、私は生き返った。生き返ったなら、やることは一つしかない。

復讐《ふくしゅう》だ。

自分が殺されたから、自分で復讐するのだ。

そのための舞台を用意した。入念に、そして慎重に。

舞台は、壮大かつ、叙情的。

それだけではない。それだけでは、ここまでの舞台は用意できなかった。

復讐以外のメリットがなければ、ここまでする意味はない。

愛《いと》しい舞台。私に莫大《ばくだい》な益を運んでくれる舞台。

さぁ、存分にたゆたえ。しっかりとたゆたえ。

これは、復讐劇であると同時に、経済活動でもあるのだ。ありがちな舞台では、決してない。

私にとって、これは、費用対効果に適《かな》う、合理的で経済的な舞台なのだ。

第一章

1

不満だった。

いや、超が付くほどの不満を抱き、胃がむかむかする。

立川警察署の刑事である羽木《はねき》薫《かおる》は、自分の置かれている状況を心底呪う。苛立《いらだ》ちがため息となって口から出ていく。しかし、一向に減らない。

「いやぁ、空が広いですねぇ！」

ヘドロのように鈍く、どす黒い気持ちを抱える薫をよそに、隣を歩く後輩の赤川《あかがわ》が呑気《のんき》な声を出した。先ほどまで飛行機に乗っていただけなのに、白いワイシャツは汗で濡《ぬ》れ、前髪も額に張り付いている。一年間で、確実にサイズアップしている。どんどん膨らんでいく赤川。それでも不健康そうに見えないのはどうしてだろう。

「空気も美味《おい》しく感じません？」

赤川は、舌舐《したな》めずりでもしそうな調子で言う。赤川にとっては、空気も食材か。

薫は鬱陶《うっとう》しいなと思いつつ、顔を上げる。

初めて降り立った八丈島《はちじょうじま》は、たしかに空が広かった。都会のビル群に切り取られた空とは違う。どこまでも広がっている。だが広い空は、少し怖いなと感じる。大きな部屋よりも、小さな部屋の隅にいるほうが安心するのと一緒かもしれない。

視線を移動させる。

低く、小ぶりな建物の上方に、〝八丈島空港ターミナル〟と書かれてあった。

旅行ならば少しは心躍らせるのだろうが、今回は警察の人事交流が目的なので嬉しくはない。それに、一緒に派遣されたのが赤川なのも気にくわなかった。

定期的に開催される人事交流は、犯罪の多い都府県警察へ警察官を出向させ、多様な実績を積ませるという目的で行なわれることが多い。

今回、八丈島警察署の署員が立川警察署に出向となり、一年間勤務することに決まった。対して立川警察署の薫と赤川は、八丈島警察署に二週間だけ行くことになったのだ。

二週間。

当初は一カ月という話もあったが、薫がごねて最小限に短縮された。

八丈島警察署管内では、事件がほとんど発生しない。重大事件は皆無といっていい。そんな平和な場所に行って意味があるのかという薫の問いに、課長の西宮《にしみや》は苦々しい顔をして、先方が交換人事交流を望んだのだと説明した。そんな申し出は一蹴すればいいと反発したものの、聞く耳を持ってくれなかった。

今回の人事交流を羨む署員もいた。二週間の旅行だと言うものも。とんでもない。

薫にとって、新しい環境に身を置くのは苦痛以外のなにものでもなかった。変化は、ストレスだ。知らない場所で知らない人に囲まれるくらいなら、立川警察署で刑事の仕事をしているほうがいいに決まっている。

人事交流などしている時間はない。

通常業務をこなしつつ、私生活では新しいパートナーを見つけ、心の傷を癒やしたい。

薫を苛《さいな》む過去は、今も生々しい傷となって心の中に居座っている。その悪夢を断ち切るには、恋愛をするしかないと考えていた。根拠があるわけではなく、ほかにこれといった解決法を思いつかないだけだ。ただ、このままの状態では駄目だと感じていた。早く、新しい恋をしなければならないという気持ちがどんどん膨らんでいく。

警察内に男は掃いて捨てるほどいる。だが、同業者は嫌だった。もし警察官と付き合ったら、絶対に苦労する。

信号を待っていると、ベビーカーを押した母親らしき女性が横切った。薫は、咄嗟《とっさ》に視線を逸《そ》らす。途端にそういう反応をした自分に嫌気が差した。子供を見ると、軋《きし》むような痛みが心臓に走った。

別れた夫から受けた暴言が、頭の中で再生される。子供が産めない身体だと詰《なじ》られた過去を、薫は引きずっていた。二年ほど前に離婚し、それから一切会っていないのに、夢の中で毎晩のように罵声《ばせい》を浴びせてくる。言葉だけならいい。夢は、リアリティーなどお構いなしだ。言葉が刃に変わり、身体を切り刻まれることもあった。そのときの薫は、必ずと言っていいほどに腹部を守っている。ここだけは、どうしても守りたいと夢の中で考えた。夢の中の夫はそれ以外の箇所を、執拗《しつよう》に切り刻んだり、殴打してきた。血が流れても、骨が折れても、その手が止まることはなかった。

こんなにも同じ夢を見るのはおかしい。そう思った薫は、有名な心理カウンセラーを受診した。そのときに言われたのは、深層心理が、半覚醒状態のときに浮上して想像と夢が混濁して、ビジュアルイメージを見せているのだということだった。そのカウンセラーは料金が高かったため、何回かは行ったものの、結局通わなくなってしまった。

信号が青になり、キャリーバッグを引きながら横断歩道を渡る。

空港に設置されていた温度計によると、気温は二十八度。日差しは強いが、風があるので堪えられる気候だった。

しかし、赤川は違うようだ。溺《おぼ》れてしまうのではないかと思うほどの発汗だった。脱水症状にならないか不安になる。

「……最近、運動不足なので、この気温は、きついですね」

平坦《へいたん》な道を歩きつつ、息を切らしながら言う。

薫はそれについてコメントする気はなく、暑苦しいので少し離れることにする。

空港から警察署までは徒歩で十分ほどだと聞いていたが、赤川の歩みが遅いので二十分ほどかかってしまった。

汗だくの赤川を尻目に、目的地に到着する。

八丈島警察署は二階建ての建物だった。茶色い外壁で、警察署というよりも図書館を彷《ほう》彿《ふつ》とさせる外観をしている。

敷地内に入ると、正面玄関の前で薫たちに向かって手を振る男がいた。

赤川に体型がそっくりだった。男のほうが一回り歳を重ねていて、おそらく四十代後半のようだが、かなり似ている。兄弟と言われても信じるだろう。

「羽木さんと、赤川さんですね！」

やけに声の大きな男は、満面の笑みで近づいてきた。自らを刑事課の鬼山《おにやま》と名乗る。

鬼山という怖い印象の名前を打ち消すほどの、幸せをかき集めたような笑顔が薫に向けられる。

「遠いところご苦労さまです！　いやぁ、大変でしたでしょ、長旅」

「えっと、いいえ、思ったより近かったです」

薫は答えた。

八丈島はたしかに遠い。そういうイメージを持っていたが、飛行機に乗れば一時間ほどで着いてしまったので認識を改めた。ただ、ここが東京都だということがどうもしっくりこなかった。長閑《のどか》な景色。時間がゆったりと流れているような空気。

そういえば立川市も、駅中心部から離れれば、こんな情景もないわけではないなと思う。

鬼山は、じろじろと薫を見た。

「ほぉ……こんなお綺麗《きれい》な方が本土で刑事をやっているとは。凄《すご》いですね」

少し馬鹿にされているような気がするが、面倒なので気付かないふりをして愛想笑いを浮かべる。

「それと赤川さんは、なんだか初めて会った気がしませんねぇ」

鬼山の言葉に、赤川は首を縦に振って同意する。

「実はですね、僕もそう思っていたところです。なんだか不思議ですねぇ」

それはそうだろうと薫は内心で思う。二人の姿を交互に見比べると、ますます似ていると感じた。赤川の肌は白く、鬼山は日に焼けて黒いだけの違いだ。

「あ、立ち話もなんですから、どうぞどうぞ」

鬼山に先導され、薫と赤川が続く。

建物内はとても涼しく、寒く感じるくらいだった。空調の稼働音が大きい。設定温度をかなり低くしているようだ。急速に肌が冷えていく心地よさを感じ、薫はゆっくりと息を吐いた。

「ここには、どのくらいの人が勤務しているんですか」

赤川が訊《たず》ねる。前を歩く鬼山が、苦しそうに身体をよじって顔を向けてきた。出っ張った腹がつかえているのだろう。

「署員の数は、全部で四十人くらいです」

四十人。管轄範囲を考えれば、妥当だろう。

「本土の方が勤務されたら驚くでしょうね。なにせ、ここは犯罪などほとんど起きませんから。忙しくないわけではないですが、まぁ、呑気にやっていますよ」

そう言って鬼山が笑い、二階に上がってすぐの部屋に入る。薫と赤川も後に続く。そこには五人ほどの署員が座っていた。全員男だった。

立ち上がった皆の目が、一斉に薫と赤川に集まる。

「たった今、お越しになられたぞ」鬼山は、先ほどよりも少しだけ威厳のある声を発する。

「羽木薫巡査部長と、赤川剣信《けんしん》巡査だ」

流れに従い、薫と赤川は自己紹介をする。

当たり障りのない内容を喋《しゃべ》り、五人の署員も簡単な挨拶《あいさつ》をする。全員捜査係の人間らしかった。一様に日に焼けて黒くなっており、髪もスポーツ刈り。年齢は三十代から四十代。それなりの年齢のようだが、肌が焼けているためか、若々しい雰囲気があった。

挨拶を終えた後、署内を案内してもらう。行く先々で視線を向けられるのは気持ちの良いものではない。やはり、お客さんとして迎え入れられている。居心地が悪い。

三十分ほど署内を案内してもらったが、取り立てて特徴のない、普通の警察署だった。ただ一点、〝住民相談窓口〟という文字が大きくカウンターの上に掲げられており、どこよりも目立っていた。地域密着型の警察署なのだなと思う。

「今日はお疲れでしょうから、ホテルでゆっくり休んでください」

鬼山はそう言うと、警察車両でホテルまで送ってくれた。夕方、再び迎えに来るという。歓迎会を兼ね、居酒屋を予約しているということだった。

車の窓から手を出して振りながら、鬼山が去っていく。片手運転は交通違反だっただろうかと思いながら見送る。鬼山については、悪印象を持たなかった。

薫と赤川が泊まるのは、八丈島空港からほど近い〝八丈オーシャンビュー〟というホテルだった。当初、もっと安いホテルを提示されたが、薫がごねてグレードアップしてもらった。

一人では大きすぎるツインルーム。窓の外は、ホテル名に違《たが》わぬ景色が広がっている。清潔感があって居心地の良い空間だった。

長旅というわけではなかったが、飛行機移動は疲れる。慣れていないせいもあるし、巨大な鉄の塊が空を飛ぶこと自体がどうも不安で、飛行機は好きになれなかった。夜の歓迎会まで仮眠でも取ろうと思ってベッドに横になる。

天井を見つめながら、ため息を漏らす。

いったい、なにをしているのか。こうして実際に八丈島に来てもなお、自分がなにをするのか見当もつかなかった。

部屋を適温に保つための空調音。古いのか、少し大きい音だったが、それがホワイトノイズのような効果をもたらし落ち着いた。

瞼《まぶた》が重くなり、微睡《まどろ》みに引きずり込まれそうになる。まだ勤務中だということは理解していたが、睡魔に抗《あらが》うことができなかった。

しばらく、闇に身を預けようと思ったが早いか、意識が飛んだ。

浅い眠りのせいか、かなり鮮明な夢を見た。やはり元夫が出てくる夢だ。今回は、義母も一緒になって子供ができないことを責め立ててきた。

子供ができにくい身体だからといって暴言を吐かれるいわれはないし、人格を否定するのは間違っている。夢の中の薫はそう思いつつも、反論できず、ただただ言葉の暴力に耐えるだけだった。我慢し、我慢した。涙を流し、咆吼《ほうこう》した。それでも許してはくれなかった。

なんで。どうして。

その声は、元夫と義母の耳には届かず、罵詈雑言《ばりぞうごん》は止《や》まない。やがて、薫の人格が崩壊した。涙を流したくないから、目を潰《つぶ》した。泣きたくないから、喉《のど》を潰した。聞きたくないから、耳を引きちぎった。完全なる闇と無音。それでも、二人の声は聞こえてきた。痛みより、苦しみが勝《まさ》っていた。このまま死んだほうが楽だとさえ思った。

インターホンが鳴り、夢が途切れる。

目を開いた薫は、悪態を吐いた後に身体を起こす。汗をびっしょりかき、喉がからからになっていた。

視線を漂わせる。窓の外は茜色《あかねいろ》になっていた。時計の針は十七時を指している。いつの間にか、二時間ほど寝ていたらしい。

ボサボサになった髪を手櫛《てぐし》で整えつつ、扉の前まで行く。

「羽木さーん！　ちょっといいですかぁ！」

扉をコンコンと叩く音と共に声が聞こえてくる。

開けると、笑顔を浮かべた赤川が立っていた。手に、ペットボトルを持っている。

「あれ、寝ていました？」

「……悪い？」

なんとなく決まりが悪かったので、ぶっきらぼうな声になる。

「いえ、僕も爆睡していましたから。入っていいですか？」

あっけらかんとした調子で訊ねてきた。よほど拒否しようかと思ったが、屈託のない表情に折れ、招き入れる。

部屋に入ってきた赤川を無視して、薫はベッドに仰向《あおむ》けに倒れ込んだ。先ほどの夢のせいで頭に血が上ったのか、頭痛がした。

汗で濡れたシャツの第二ボタンをはずす。薫は赤川に対してなんの感情も抱いていないが、それは赤川も同じことだろう。気を遣う必要はない。

「良いところですね、八丈島」

鏡の前の椅子《いす》に腰掛けた赤川が、しみじみとした調子で言う。視線は窓の外に広がる海に向けられていた。

「……どこが？」

八丈島に降り立ってから、まだ空港と警察署しか見ていない。

その問いに、赤川は目を丸くする。なんでそんな質問が出てくるのか不明だと言いたげだった。

「だって、海も綺麗ですし、空だってこんなに広いですし。長閑な感じも良くないですか？　海の幸とか、絶対美味しいですよ。想像するだけで涎《よだれ》が出てきますね。それに、別に重大事件が発生して駆り出されたわけじゃないですし。こき使われる心配もなさそうですから、気楽です」

そう言った赤川は、八丈島の郷土料理である島寿司を食べることが待ち遠しいらしく、情熱を込めて喋り始める。

今回の人事交流を、一二〇パーセント楽しもうとしているようだった。

変化を嫌う薫だったが、赤川の能天気さを少しは見習わなくてはと思い始めていた。赤川の言うとおり、もっと気楽に構えるべきだろう。

ここに来ることが嫌だという感情が先行し、負の感情に囚《とら》われていた。せっかくだから、楽しもう。そう思い、薫はベッドから起き上がった。

赤川は手に持ったペットボトルに口をつけ、濁ったオレンジ色の液体をこの上なく美味しそうに喉に流し込んでいた。

「……それ、なに飲んでるの？」

「あ、これですか。部屋の冷蔵庫に入っていました。パッションフルーツジュースです。ルームサービスみたいですよ」

顔のあたりに掲げる。ラベルには、大きく〝八丈島特産〟と表記されていた。

「八丈島って、フルーツも売りなんですよ。バナナとかドラゴンフルーツとかマンゴーとかが美味しいみたいです」

南国ではありきたりのラインナップだなと思ったが、あまりにも赤川が生き生きとした表情で喋るので、水を差すのは止めておく。

それに薫自身、密《ひそ》かに事前に観光案内などを見ていたので大体のことは知っていた。ただ、浮かれていると思われたくないので、伏せておくことにする。

「これから二週間、なにするんだろ」

薫は、素直な心情を吐露する。

赤川は首を捻《ひね》った。顎《あご》の肉が挟まれ、盛り上がる。やはり、少し前よりもボリュームアップしている。

呻《うな》るような声を出した赤川が口を開く。

「八丈島の現状といった座学が少しあることは聞いていますが、それくらいですかね……まぁ、あっちでは日々働き詰めなんですから、休暇だと思ってゆっくり過ごしましょうよ」

気楽な調子で言い、悩みごとなど一切ないというような笑みを浮かべた。

立川警察署は、暇ではない。殺人事件こそ多くはないが、さまざまな犯罪が発生する。それらの捜査や処理に、日々忙殺されていた。休暇だと開き直ろう。そう思うと、少し楽しくなってきた。たとえ、まったく異性として意識していない赤川と一緒だとしても。いや、だからこそ楽にするべきだ。

「それに、鳥……」

赤川が喋っている途中で、スマートフォンの着信音が鳴る。電話に出た赤川は、首を何度か大きく縦に振ってから耳から離した。

「あ、鬼山さんからでした。そろそろ車で迎えに来てくれるそうです」

「そう」

立ち上がった薫は、髪を掻《か》き上《あ》げる。汗を流したい気持ちはあったし、化粧も崩れているだろう。ただ、ここで力を入れても仕方がない。シャワーを諦め、化粧を直さずに行くことにした。


迎えに来たのは、制服を着た女性警察官だった。

交通課の人間だと言うが、名前は名乗らなかった。なんとなく、好奇の眼差《まなざ》しを向けられているような気がしたが、気にするのは止めた。薫は後部座席の左側に乗り込む。右側が赤川だったので、車体が右に沈む。その傾き具合に、女性は驚いているようだった。

「それでは、出発します」

苦しそうに震えながら、軽自動車が動き出す。

交通量の少ない道を走る。居酒屋は、ホテルから車で五分ほどの場所にあるらしい。八丈中央道路を真《ま》っ直《す》ぐに進む。

「あの、歓迎会には参加するんですか？」

身体を前に倒した赤川が訊ねる。重心が変わったからか、車体がぐらぐらと揺れた。

「……いえ、私は参加しません」

心持ち、ハンドルを強く握りしめた女性が答える。

「そうですか。残念です」

特に残念そうに思っていない口調で言った赤川は、窓の外を眺め始める。

女性は、ちらりとルームミラーを一瞥《いちべつ》した。

「男連中は結構、酒を飲みますから気をつけてくださいね。あまり飲まさないようにと釘《くぎ》を刺しておきましたけど」

「私も、お酒は飲むほうなので大丈夫です」

女性の言葉を受けた薫は返答する。酔いやすいが、それなりの酒量を飲むことはできる。

運転する女性は、まだ二十代だろうか。可愛《かわい》らしい容姿をしていた。左手薬指には、プラチナの結婚指輪がはめられていた。

目的地に到着し、車を降りる。

緑色の字で大きく〝八丈島〟と書かれた居酒屋が建っていた。八丈島にある、八丈島という居酒屋。分かりやすい。

引き戸を開けると奥の座敷に、十人ほどが座っていた。

「あ、こっちです」

鬼山が手招きしてくる。すでにアルコールが入っているのか、赤ら顔になっていた。なんとなくダルマのように見える。

座っているのは、全員男だった。捜査係の五名に加えて、初めて見る顔もあった。全員が、三十代から四十代に収まるようだ。

薫と赤川は上座に座らされる。

「えー、それでは改めて」唯一立ったままの鬼山が言う。

「立川警察署から、人事交流ということで、二名の方にお越しいただきました。二人ともお若いですが、数々の凶悪事件の捜査をし、二人の機転で難事件を解決に導いたこともあると聞いています」

こういった場面が苦手だった。どういった表情を浮かべていいのか分からない。薫はとりあえず、愛想笑いを浮かべることにする。対して赤川は自然ににこにこと笑っている。ただ、その視線はテーブルの上に置かれた大量の刺身に釘付けだった。

「都会での経験を聞くことは、我々の糧になるはずですので、しっかり勉強しましょう。ただ、アルコールが入って口が滑らかになったからといって、あまりがつがつ聞きすぎないように。特に、プライベートなことを深く聞くような失礼はしないように。是非是非、よろしくお願いいたします」

鬼山の視線が向けられた薫と赤川が簡単な挨拶を続け、乾杯の音頭を別の人間がとり、ようやく形式張った行事が終わる。

食事が始まった。鮮やかな刺身に舌鼓を打ち、八丈島の蔵元が作ったという焼酎《しょうちゅう》を注《つ》がれる。八重椿《やえつばき》、江戸酎《えどちゅう》、情け嶋《なさしま》、黒潮《くろしお》、潮海《しょめ》といったラベルが並ぶ。どれも美味しかった。疲れているからか、いつも以上に酔いが回るのが早い。

がやがやとしてきたところで、参加者が一人ずつ自己紹介を始めた。薫は、あしたばの天ぷらを頬張《ほおば》りつつ、それを聞く。

内容は当たり障りのないもので、なんとなく聞き流すことにした。

「えーっと、我々はですね、捜査係ですが、捜査といいましても、ここでは殺人や強盗といった大きな事件はほとんど発生しません。ですから、普段は交通課の手伝いをしたり、島民の相談に乗ったりしています。あと、趣味は魚釣りです。羽木さんは、釣りはしますか？」

自己紹介を続ける男は、にんまりと笑った。

「いえ、やったことないですね」

薫は素っ気なく言い、赤川はどうなのかと訊ね、自分の会話の機会を極力減らそうと試みる。

「僕ですか？　魚はもっぱら、スーパーで購入派ですねぇ。食べる専門ですから。食べられるかどうか分からない釣りよりも、絶対に食べられるスーパーですよ。そもそも、捌《さば》けないですし」

そう言いながら赤川は、もりもり刺身を食べていた。

その後も、いくつかの質問が薫に飛んできたが、場の雰囲気を壊さない程度の回答を述べてから、すべて赤川が話をするように持っていった。

皆の顔が赤くなり、酔いが回った頃、赤川が朗らかな声を発する。

「ここ最近で、一番大きな事件ってなんですか？」

「……ここでですか？」

鬼山が、お猪口《ちょこ》の中身を空にしてから確認する。

「もちろんです」

赤川は目を輝かせながら答える。

腕を組んで目を瞑《つぶ》った鬼山は、首を右へ捻り、次に左に捻った。

「うーん、交通事故ですかねぇ」

そう答えたあと、なにかを思いついたのか手を叩いた。

「八丈島では重大事件こそ少ないですが、結構不法投棄が多くて、その取り締まりが大変なんです。ここらだと、あまり海の監視もありませんから」

「不法投棄というと、どういったものを捨てるんですか？　家庭用ごみとか？」

「いえいえ、もっと大規模です。プラスチックとか、冷媒ガスが入った機械とかを海に捨てるんです。ほら、フロンガスとかは廃棄に金がかかるみたいですから。ともかく、捨てるのに金がかかるゴミならなんでも捨てますよ。最近、われわれも船を使って監視を強化していますし、ときにはヘリコプターを飛ばしたりもします。奴らは、陸地から離れた場所でゴミの投棄をしますから、なかなか発見が難しいんです」

鬼山の眉間《みけん》の皺《しわ》が深くなる。

「海外の船舶とかも多いので、結構厄介なんですよ。あとは、救難船などの捜索のためのヘリコプターも、この八丈島から飛びますね。海上保安庁と連携することも少なくないです」

「それは、大変ですねぇ」

とくに大変そうに思っていない調子で言った赤川は、ぱくぱくと刺身を平らげていく。

普通なら、むっとされてもいいような態度だ。ただ、誰も反感を抱いていないようだった。

これも、赤川の人柄なのか。

その後、無事に歓迎会を終えることができた。

料理と酒は美味しかったので、薫は満足だった。


翌日。

鬼山に車で島内を案内される。まるで観光だなと思いつつ、こういった時間もあっていいと思えてきた。

八丈富士がよく見えるスポットや、牧場、資料館や神社にも案内された。温泉もあるらしく、今度連れて行ってくれるという。

薫は、後部座席に座って車に揺られながら、海を眺める。果てしなく感じる広さ。遠くに、船のような影が浮かんでいる。昨日の歓迎会の席で、不法投棄の話があったのを思い出す。こんなに広いと、取り締まりはなかなか難しいだろう。

島内を見て回ったのち、八丈島で過去に発生した事件の話を署で聞いた。その後は、実際に巡回に同行した。

スケジュールがみっちりと詰められていたので慌ただしかったが、総じて薫と赤川は、警察官としてより、お客さんとして扱われた。

最初はそういった対応に居心地の悪さを感じていたが、やがて、それでも良いかと薫は開き直った。

人事交流も悪くない。夜はのんびり過ごすことができるし、時間がゆったりと流れている気がする。不思議と、離婚した夫の夢を見ない日もあった。ここに移住するプランすら頭をよぎったが、それは現実的ではないなと思い直した。

立川警察署では常に時間に追われていた。管内での殺人事件は多くないが、傷害や強盗、放火などを合わせるとかなりの件数になる。まともに食事を摂《と》れない日もざらにあった。

その生活を考えれば、八丈島での生活は天国だった。

リモコンでテレビをつける。地方都市でのお見合いパーティー企画が放送されていた。

親からは、お見合いを勧められている。一度の離婚歴などは珍しいことではなく、お見合いでも十分に好条件を望めるらしい。

それでも、抵抗があった。恋愛をしたい。そして、幸せになって元夫をせせら笑いながら、呪縛から解き放たれたい。

そういえば、立川署の総務課の子もこの前離婚したって言っていた。

結婚とは、単純に見えて難しい。

どこかに理想的な相手が転がっていないだろうか、といい加減なことを考えながら、壁に掛かっている時計を確認する。二十時を回っていた。

まだ寝るには早い。

窓の外に広がる夜を見てから立ち上がり、散歩の支度をした。

ホテルを出て、八丈中央道路を海に向かって歩く。道路脇に立てられた看板によると、この先に旧八重根《きゅうやえね》海水浴場というものがあるらしい。

夜らしい夜だった。

街灯の光は道路を照らしているが、左右に生い茂る木々は闇に溶け、風になびいて枝葉を打ち付け合っていることで存在感を出していた。

車はほとんど通らず、人の姿もなく静かだ。遠くから聞こえてくる波の音も、静寂を強調している。

立川の繁華街の近くに住んでいる薫にとって、ここは異世界だった。

涼しい風に当たりながら進む。

十分ほど歩いていると、右手に釣具店が現れた。すでに閉まっていたが、自動販売機が並んでいたので缶コーヒーを買う。

大きな十字路を過ぎたところで、視界が開ける。ここが旧八重根海水浴場だろうか。波の音がするので海なのは間違いない。ただ、明かりがないため、どこまでが島で、どこからが海なのか分からなかった。

曇っているのか、月や星も出ていない。

手摺《てす》りに腰掛け、缶コーヒーのプルトップを開けて飲む。

寄せては引いていく波の音が一定で、鼓動を聞いているような錯覚に陥る。

眼前に広がる暗闇を見つめる。そして、どうして、自分の中に命が育まれなかったのだろうかと考える。

医師からは、子供ができない身体ではなく、子供ができにくい身体だと言われた。つまり、望みがあった。当然、不妊治療という言葉が出てきたが、その選択肢は元夫と義母の頭にはまったくなかった。ともかく欠陥品と決めつけて、別れるために必死になっているようだった。あのときは暗黒の日々だった。自分に価値がないと頭ごなしに責められ、心身が疲弊していた。

あのままだったら、いずれ自殺していたかもしれない。

いや、一度だけ当時住んでいたマンションの十四階から飛び降りようとした。あのとき、どうして思《おも》い止《とど》まったのだろうか。あのとき、なにを考えていたのか。不思議と記憶が欠落していた。

嫌なことを思い出した。

顔をしかめた薫は、コーヒーを飲み干す。

海のほうに目をやると、人影が見えた。浜辺を散歩して戻ってきたのだろう。街灯に照らされて初めて、女性であることが分かる。小柄でほっそりとした四肢。緑色のワンピースを着ている。二十代半ばくらいだろうか。街灯の光が弱くて、顔の細部まで分からない。

視線が合ったような気がしたが、逸らされる。しかし、再び薫に顔を向けた。

「こんばんは。旅行ですか」

柔らかい笑みを向けられる。素通りされるかと思っていたので、意外だった。

「あ、いえ、ちょっと警察の研修で」

咄嗟に答える。

「へぇ、研修……警察ってことは、刑事さんですか？」

「えっと、まぁ……」

曖昧《あいまい》に頷《うなず》く。言わなければよかったと後悔する。

「すごいですねぇ。女性の刑事さんですか」

女性は風でなびく髪を押さえながら言う。黒くて長い髪が、きらきらと輝いていた。

「いえ、たいしたものじゃ……」

「どちらから来られたんですか」

「あ、東京です」そう言った薫は、八丈島も東京都だったと思い出す。

「立川です」

「へぇ、私も、前は東京に住んでいたんですけど、こっちに移住してしまいました。一応、ここも東京ですが、本州のほうの東京です」

「ご家族で移住されたんですか」

「いえ、一人です。もともと身寄りがいなかったので」

「あ、すみません」

「いえ、全然」首を横に振る。

「でも、懐かしいなぁ……東京」

「行かないんですか。ここからなら近いじゃないですか」

「まぁ……いろいろあったので」

女性は困ったような笑みを浮かべる。悲しみと後悔が、その表情を複雑なものにしている気がした。

「でも、ときどき懐かしくはなります」女性は一度言葉を止め、躊躇《ためら》いがちに続ける。「都会は刺激的でした。でも、私には合わなかったんです。いろいろと大変な思いをして、ようやくこっちに来て自分を取り戻せた感じがします」

なにかがあったのだろう。内容に興味があったが、聞くのは止めた。そして、なんとなくだが、薫はこの女性と似ているような気がした。

なにかから逃れるために必死になった人だけが醸し出す、痛々しい空気。

薫が、元夫との記憶を消し去りたいように、この女性も、そういったものを抱えているのかもしれない。そして、ここに辿《たど》り着いた。

「あ、もう行きますね」

女性は、軽い足取りで立ち去る。

その背中を見送った薫は、自分も来た道を戻ることにした。

八丈島に降り立ってから五日が過ぎ、非番の日がやってきた。

インターホンの音で目を覚ました薫は、その機械音がやけに耳障りに聞こえた。目覚ましをかけずに朝寝坊しようと思っていたのに、その計画を妨げられたことに怒りを覚える。

扉を叩く音の後に声が聞こえてきた。案の定、赤川だった。

昨晩はホテルの部屋で一人、地酒を飲みまくっていたので頭が重かった。こめかみに手を当てて、ふらつきながら扉の前に向かう。

「……なにか用？」

声がしわがれている。喉が酒焼けしているようだ。

「休みですから、遊びに行こうと思いまして」

口調だけで、赤川が浮かれているのを読み取ることができた。

「遊びにって、大の大人がなにするの」

首の凝りを手でほぐしながら訊ねた。遊びに行くと言っても、娯楽施設などない。あるのは、自然ばかり。その自然も、五日間で堪能《たんのう》し尽くした。温泉にも入った。

「離島に行きましょう。離島に」声を弾ませて赤川は続ける。

「鳥島《とりしま》っていうらしいんです。特別天然記念物のアホウドリが生息しているらしいですよ。でも、アホウドリって名前、可哀想《かわいそう》ですよね。なんか悪口みたいで。僕だったらそんな名前で呼ばれるのは嫌ですね」

脱力した薫は、ボサボサの頭を掻《か》いた。

「……私はパス。離島に行ったところで楽しいとは思えないから」

そう伝え、扉から離れる。頭痛薬は持ってきたはずだから、それを飲んで午前中はゆっくり過ごそう。

「そうですか」

あっさりと納得した赤川の声の調子は、少し残念そうでもあった。

「では、僕一人で行きますね。勝《か》っちゃんが待っていますので」

「待て！」

薫は自分でも驚くほど俊敏な動きで扉を開けて、廊下に足を一歩出し、去ろうとしている赤川を呼び止める。

「……今、なんて言った？」

「え？」

振り向いた赤川は、目を大きく見開いた。おそらく、鬼気迫る形相になっているのだろうなと薫は推測するが、気にしなかった。赤川にどう思われようと問題ない。

「今、なんて言った？」

再度、質問を繰り返す。

たしかに聞こえた単語。しかし、あまりに唐突で現実感がなかったので、聞き違いだという気もしていた。

「え、えっと、僕一人で行きますねって」

「そのあと！」

鋭い口調に、赤川がのけぞり、顎の肉が押し出される。

「勝っちゃんが待っている……」

「そう、それ！　なんで⁉」

渾身《こんしん》の疑問符を付けて訊ねる。どうして、勝っちゃんの名前が出てくるのか。勝っちゃん——勝木慎二《かつきしんじ》が、ここにいるのか。

以前、赤川の同級生ということで紹介された勝木は、渋い顔のイケメンだった。都内の大学で民俗学を教えている。たしか、准教授。ずっと気になる存在だったが、赤川にそれと覚《さと》られたくなかったので、なかなかアプローチできなかった。

こんなところに恋が転がっていた。

赤川は、薫の真剣な形相を、少し怖がっている様子だった。

「勝っちゃんが大学での調査で、鳥島に来ることになったんです。それで、会おうって話になっていて」

「ってことは、授業でこっちに来ているの？」

「いえ、単独の調査みたいです」

その返答に、胸をなで下ろす。さすがに学生がいたら会いに行きづらい。

「というか、どうして早く言ってくれなかったの？」

「え……勝っちゃんが鳥島に行くってことをですか？」

「それ以外にないでしょ」

薫は言いつつ、たしかに報告の義務などないなと思い直す。

困惑した様子の赤川が口を開く。

「勝っちゃん、大学での仕事が忙しいらしくて、ギリギリまでスケジュール調整ができなかったみたいです。それで、昨晩に行くという連絡があって、もう鳥島に到着してるはずです。明日には帰るそうですよ」

すぐに帰ってしまうのか。勝木との離島ライフを頭に思い描いていた薫は落胆するが、今日会えるだけでもいい。

「私も行く」

「え？」

「気が変わったの。それで、何時までに行けばいいの？ というか、鳥島ってどこ？」

鳥島がここからどのくらい離れているのか分からないが、おそらく船で移動することになるだろう。

「鳥島の場所はよく分かりませんが、あと三十分でホテルを出ようと思っています」

三十分。時間はないに等しい。着替えてくるから待っててと告げ、扉を閉める。

「僕、先にホテルの隣にあるコンビニで、ご飯とか買ってますね」

扉の向こう側から声が聞こえてくるが、薫は返事をせずに洗面所へと向かった。

客室備品だった薄いバスローブを脱ぎ捨てシャワーで汗を流す。バスタオルで身体を拭いてから下着をつけ、昨日買っておいたペットボトルのアイスコーヒーを飲みながら、キヤリーバッグを開けた。持ってきた私服は、Tシャツが三枚に、ジーンズが二本。おしゃれをする余地はない。なんとかならないものかと頭を捻って、すぐに無駄なことだと覚って止める。結局、持ってきた中で一番まともなものを着ることにした。

髪を乾かしてから、化粧をする。もともとほとんど化粧をしないので、軽く整えるだけだった。

念入りに歯磨きをしてから、うがい。ちょうど三十分。スニーカーを履き、部屋を出た。

赤川は、ホテル一階のロビーに置かれたソファーに座っていた。スナック菓子を頬張り、テレビ画面に流れている映像を見ている。

「それでは、行きましょうか」

立ち上がった赤川は、アウトドア用の大きなバックパックを背負った。かなり重そうだった。

「……なに、その荷物」

薫はポシェットだけを携帯していた。

「えっと、さっきコンビニで買ったご飯とか、お菓子とか、飲み物が入っています」

バックパックを振りながら、赤川が答える。

「……そんなに？」

薫の指摘に、赤川は不思議そうな顔をする。

「だって、鳥島は無人島ですよ？　食料は必要でしょう」

当然であるかのように言う。

「でも、日帰りでしょ？」

「その予定ですけど。むしろ羽木さんこそそれだけの荷物で平気なんですね」

なぜか心配するような表情を浮かべる。意味が分からなかった。

どこに行っても食い意地がはっているなと思いつつ、特にコメントはしなかった。

ホテルを出た赤川は、タクシー乗り場を通り過ぎた。

「え？　歩き？」

「そんなわけないじゃないですか。鳥島は海を渡らないといけないんですよ？　羽木さんって海の上を歩けるんですか？」

赤川は笑いながら答える。

そういう意味ではないと反論しようと思ったが、なんだか気が抜けたので、赤川の頭を叩くに留《とど》めた。

やがて、空港に到着する。てっきり船に乗るのだと思っていたが、ヘリコプターを使うらしかった。

「八丈島から鳥島への船の定期便はないですし、三百キロくらい離れているので、船だと時間がかかりすぎてしまいます。ヘリコプターなら二時間です」

「……ヘリって、赤川の自腹？」

「せっかくですから」

屈託のない笑み。

赤川から、親が裕福と聞いたことがあったが、薫が思っている以上に金持ちなのかもしれない。ヘリコプターのチャーター費用は不明だが、気軽に出せる金額ではないだろう。ときどき、どうして刑事をやっているのか不思議に思う。ただ、赤川は刑事としての資質を備えているので、性に合っているのだろう。いつもはへらへらと笑っているが、いざというときに機転を利かせる能力もあった。

ヘリコプターに乗り込み、ヘッドセットをつける。時間をおかずに離陸した。薫は身体を震わせる。訓練で何度かヘリコプターに乗ったことはあるが、慣れないなと思う。新しいタイプの機体なのか、前回乗ったときよりも揺れが少ない気がした。記憶していたよりも快適だ。それでも、緊張して身体に力が入ってしまう。

隣に座る赤川は、すでに目を閉じて眠っていた。ヘッドセットに取り付けられたマイク越しに鼾《いびき》が聞こえてくる。耳障りだったので、通信を切った。

ヘリコプターの窓の外に広がる空を見る。昨日は快晴だったのに、今日は曇天《どんてん》だ。黒に近い灰色の雲に覆われた、見ているだけで気持ちが沈むような空。海も、心なしか暗く見えた。

天気予報は見ていなかったが、今日は天気が悪いのだろうか。

そんなことを考えていたら、急に睡魔が襲ってきて、軽く目を閉じた。

──気付いたら、揺れは収まっていた。

着陸したらしい。

「羽木さん。寝てないで、行きますよ」

やれやれといった調子で言った赤川は、先に降りていった。

単調なヘリコプターの機械音を聞いて、眠っていたらしい。口の端から垂れていた涎を拭った薫は、パイロットに礼を言ってからヘリコプターを降りた。

周囲を見渡す。

ヘリポートというには粗末すぎる場所に、ヘリコプターは着陸していた。むしろ、よくここに着陸できたなと思う。

風が強く、身体がよろける。せっかくシャワーを浴びてドライヤーを使って整えた髪が、潮風でゴワゴワになっているような気がした。

「ここ、携帯の電波が届いていないですから。勝っちゃんは歩いて探します」

「……勝木さんとはどこで待ち合わせするか決めてなかったの？」

「鳥島の直径は三キロ。横断すると一時間くらいだって言っていました。見晴らしもいいですから、すぐに見つけることができますよ」

楽観的な口調。

たしかに生えているのは低い草ばかりで、草原のような印象だった。それに、岩肌が露出している場所も多かった。赤川の言うとおり、すぐに見つけられるだろう。

ヘリコプターが爆音を立てて離陸し、離れていく。小さくなっていく機体を見ていると、心細くなってきた。

「夕方には迎えに来てもらえることになっています。勝っちゃんと三人で帰りましょう」

あっけらかんとした調子で言う。その顔を見ていると、不安がっている自分が馬鹿らしくなった。ともかく、今は一刻も早く勝木と合流することだ。

周囲を見渡す。

無人島と聞いていたので自然ばかりかと思っていたが、しっかりと屋根のある建物も建っていた。

「この島、昔、人が住んでたとか？」

「どうでしょうか。でも、あれは多分、気象庁の観測所です。一九四七年頃に開設されて、約十八年間、職員が駐在する気象観測所だったみたいです」

「……やけに詳しいわね」

「昨晩、調べましたから」赤川は誇らしげに言う。

「気象庁の観測所はもうありませんが、その代わりに、アホウドリの観測所があります。なんでも、気象庁の地震計記録室を改修して、今も観測者が来て、ときどきそこで寝泊まりしているみたいです」

「アホウドリねぇ……」

どんな鳥なのか、まったく分からない。

そういえば、ホテルで赤川がそんな鳥のことを言っていた気がする。寝ぼけていたので、ほとんど聞いていなかったが、アホウドリという単語は耳に残っていた。

「アホウドリは絶滅危惧種《ぜつめつきぐしゅ》ですが、ここ鳥島が繁殖地らしいです。現在鳥島は、島全域が天然記念物に指定されているので、東京都から許可を得ないと上陸できないんですよ。もちろん、許可は勝っちゃんが取っていて、それに便乗させてもらっています」

にんまりと笑う。

「なんでも聞いてください。インターネットで得た知識しかありませんけど」

赤川の説明を聞いている暇はないと気付いた薫は、周囲を見渡す。勝木はどこにいるのだろうか。

その様子を見た赤川は笑う。

「アホウドリが鳥島に来るのは四月から五月初めです。繁殖のために十月に戻ってきますけど。あと、アホウドリって、繁殖期を除いた一生を海の上で暮らすってインターネットに書いてありましたけど、本当なんですかね」

「アホウドリなんて一瞬も探してない」

五月蠅《うるさ》いなと心の中で思いながら、想い人を探す。

すると、願いが通じたのか、白い壁を残した廃墟《はいきょ》の陰から、人影が現われた。思わず声が出る。勝木に間違いない。

「あそこに！」

薫は指を差し、赤川に言う。

その声に気付いたのか、勝木が手を振ってきた。薫は慌てて腕を下ろし、お辞儀をする。手を振り返そうとも思ったが、気恥ずかしかった。

勝木は、軽快な足取りで近づいてくる。早く会いたかったのに、早速怖《お》じ気《け》づいてしまった。前に何度か会っただけで、これといって進展はない。連絡先も知らない。ただ、やはり気になる存在として心に留まり続けていたのは確かだった。こうして目の前にすると、心臓の鼓動が高鳴る。

「こんにちは」

渋い声。中東系の彫りの深い顔。口髭《くちひげ》を生やし、日焼けしているので、余計に日本人離れして見えた。

「わざわざ遠いところまで来ていただいて」

「いやぁ、思ったよりも遠いねぇ」

砕けた口調で赤川が言う。赤川と勝木は、大学の同窓だった。図書館で出会い、交流を深め、今もなお付き合いがあるらしい。どこからどう見ても、まったくタイプの違う二人。今も交友関係が続いているのが不思議で仕方ない。

「たしかに遠いな。周りに何もなくて、一人でここにいると、世界に一人きりになったような感じになる」

「え、その感じ、僕も味わってみたいなぁ」

「じゃあ、帰りは置いていくから、存分に一人を味わってくれ」

「いや、それは無理。ここ、コンビニないし」

「コンビニあったら孤独を感じられないから駄目だろ」

勝木が屈託のない笑みを浮かべる。二人の掛け合いを見ていた薫は、二人の青春時代はどんな感じだったのだろうと思いを馳《は》せた。

「羽木さんも、来ていただいてありがとうございます」

大人の表情に戻った勝木が言う。

薫は、心臓の鼓動が漏れ聞こえてしまうのではないかと思うほどの高鳴りを覚えられないよう、腕で胸のあたりを隠す。

「い、いえ。興味があったので」

「鳥島にですか？」

勝木の問いに、薫は曖昧な笑みを浮かべた。失言だった。

「……えっと、あ、アホウドリです」

鳥島でもアホウドリでもなく、勝木に興味があるのだが、そんなことは言えない。

苦し紛れの嘘《うそ》を吐いたことを薫は後悔したが、勝木は疑ってはいないようだった。

赤川がなにか不都合な発言をしないうちに、薫は口を開く。

「鳥島で、なにを調査しているんですか。たしか、勝木さんは民俗学を教えていらっしゃるんですよね」

薫は、自分でも気色悪く思う声色を出した。

「あ、覚えていてくれたんですね」勝木は嬉しそうに笑う。

「実は、ここ鳥島にはかつて人が住んでいたんですが、全滅したという歴史があるんです。彼らは、ここがアホウドリの捕獲場所として優れていたので、捕獲目的で移住したんですね」

こんな場所に人が住んでいたのか。先ほど薫が赤川に発した質問は、的外れではなかったようだ。

「ですが、一九〇二年の大噴火で島民百二十五人が死亡しました。全滅です。鳥島は活火山なんですよ」

活火山。それを聞いた薫は、足下を見る。地鳴りがしているような錯覚がして、足がすくんだ。

勝木は続ける。

「江戸時代には、多くの船がここに漂着したという記録が残っています。中には、アホウドリを食べて十二年間も生活した長平《ちょうへい》という人もいるんです。彼は、後から漂着した人たちと一緒に船を造って脱出しました。あと、有名どころはジョン万次郎《まんじろう》ですね。日米和親条約の締結に尽力した人です。ほかにも、分かっている範囲で、十五例ほどの漂着例があります」

赤川から聞かされたアホウドリの説明は退屈極まりなかったのに、勝木から聞く話は興味深いなと薫は思う。

「それが、民俗学となにか関係があるの？」

赤川が横やりを入れる。舌打ちしそうになった薫だったが、なんとか堪《こら》えた。

勝木は、赤川に視線を向ける。

「鳥島は、基本的には無人島だ。でも人が住んでいた過去があって、そこには間違いなく彼らが作った歴史がある。民俗学は伝承などを資料として、自国の基層文化を再確認する学問なんだ。ここ鳥島で文化が育まれたかは分からないけど、台湾やフィリピンからの漂流者がいた可能性もある。そういった漂流者たちの間で、なにか独自の発展をしていた時期はないかと考えたんだ。まぁ、あまりに突飛な仮説なので、期待薄ではあるけど」

そう言いながら、勝木の目はきらきらと輝いていた。民俗学という学問を愛して止まないのだなと感じた。

「手伝います」

薫の口から、自然と言葉が出てきた。気に入られたいという打算もあったが、素直に力になりたいと思った。

「ありがとうございます」

「なにか見つけたら、一生焼き肉おごれよ。一生だからな」

赤川が勝木の背中を叩く。どんと、大きな音がした。

ゴツゴツとした地面を、転ばないように三人で歩く。風が強くなってきていた。雲が、見たこともないほどの早さで流れていく。

先ほど勝木が現われた場所に向かう。廃墟はいくつもあったが、そのほとんどは屋根がなく、かつて建物だったことがなんとなく分かる程度だった。

その中で、もっとも原形を留めている廃墟の壁に、大きなリュックサックが置いてあった。隣には、大きなスコップが立てかけてある。

「ここに住んでいた人々の痕跡を探すのが目的です。正直なところ、今回は無計画なんです。簡単に入島できる距離にはありませんし、なにか足跡を辿れるようなものが埋まっていたり、研究を進めるに足る成果があれば、次回以降はしっかりと日数をかけるつもりです」

「つまり、僕たちは無計画に付き合わされるわけだな」

赤川の指摘に、勝木は苦笑いを浮かべて頭を掻く。

「……私はべつに、剣信に来てほしいと頼んだわけじゃないけど」

「そういって、本心では来てくれて嬉しいんでしょ？」

二人のやりとりを聞きながら薫は、痕跡が見つかろうが見つかるまいがどちらでもいいと思った。もちろん、見つかるに越したことはない。ともかく今は、勝木と時間を共にできることが嬉しかった。たとえ、その場所が絶海の孤島でも問題ない。勝木に対し、本気になっているのかもしれないと薫は嬉しくなり、同時に戸惑う。

これは、単純な恋愛感情ではないのではないかという疑問が燻《くすぶ》る。元夫から受けた精神的なダメージを治癒させるためには、恋愛しかないと考えていた。だからこそ、無理にでも恋だと思い込もうとしているのではないか。

「まぁ、そういったところが勝っちゃんらしいよ。昔から、思い立ったら一直線だもんね」

そう言って赤川は笑い、それに釣られたように勝木も笑みを浮かべる。二人の友情が、薫には奇妙に思えた。外見だけを比較するならば、勝木はヒエラルキーが高い部類で、その対極に赤川が位置する。ただ、まったく違うわけでもない。二人ともオカルト好きで、興味のある方向に一直線に進む感じは共通していた。

「それでは、行きましょうか」

勝木は、嬉しそうな表情を浮かべて歩き出した。

「あれ、スコップとかは持って行かないの？」

赤川の問いに、勝木は立ち止まる。

「一度、周辺を一緒に見て回ってからにしよう。目的地はそれほど遠くないから」

そう言い、再び歩き出す。

薫は、周囲を見渡す。

ごつごつとした岩肌のほかに、草が生い茂ったエリアも多くあった。また、泥流が流れたような痕跡もあり、そこには草が生えておらず、土や砂ばかりだった。これが火山の噴火の跡なのだろうか。

比較的緩やかな斜面を進むと、太陽光パネルが目に入った。

「これはなに？」

指を差しながら、赤川が訊ねる。

「鳥島の発電設備は、この太陽光パネルだけなんだ」

「それなら、この島で電気が使えるんですか？」

薫の問いに、勝木は首を横に振った。

「この太陽光パネルから電源が供給されるのは、アホウドリを引き寄せる音声装置や、遠隔監視システムだけのようです。定期的に、公益財団法人の山階《やましな》鳥類研究所の所員が鳥島に上陸して、アホウドリの観察や研究をしているみたいですね」

「じゃあ、これは?」

赤川が指差す方向を見ると、小型のドームがあった。長年風雨に曝《さら》されているらしく、年季を感じさせる。

「戦後に使われていた気象庁鳥島気象観測所のドームだね。ここは過去に、台風観測の最前線だったんだ」

「へぇ、よく知ってるなぁ」

赤川が感嘆するような声を発する。

「ここには遊びにきたわけじゃないから、事前にいろいろと調べたんだよ」

勝木は苦笑しつつ答えた。

その後も、赤川はきょろきょろと周囲を見渡しては、ときどき転びそうになっている。

そして、頻繁に口を開く。

「あ、あそこに動物が! 無人島にも動物いるんだ」

「あれはクマネズミだね。もともとこの島に生息していたわけではなく、誰かが持ち込んで繁殖したんだと思う」

「食べられるのかな？」

「……どうだろう」

「ここに閉じ込められて、サバイバル生活を送ることになったら、試してみようかな」

縁起でもないことを言う。

「あ、この皺くちゃの作り物みたいな葉っぱは？　食用？」

その問いに、勝木は首を傾《かし》げた。

「植物は……あまり知識がないんだよなぁ」

「ラセイタソウですね」

代わりに、薫が答える。実家の周囲によく生えていたものと同じだった。

「え、羽木さんって植物に詳しいんですか。意外です」

赤川は本心から驚いたらしく、素《す》っ頓狂《とんきょう》な声を出す。

「……なんか引っかかる言い方ね」

睨《ね》めつけるが、赤川は気付いていない。

「ラセイタソウって、食用ですか？」

「食べてみれば？」

「美味しくなさそうなので、いいです」

やけにテンションの高い赤川の質問攻めを受けているうちに、島の北側へと足を踏み入れた。

どうやら、ここが目的地のようだ。

「ここの地面、黒くてごつごつしていますね」

今まで歩いてきた道とは、明らかに雰囲気が違う。生物を寄せ付けない、無機質で広漠としたエリア。

薫が呟《つぶや》く。

「明治時代に噴火した溶岩流です」勝木が答える。

「この付近に、アホウドリの羽毛採取をしていた島民が住む玉置村《たまおき》があったんです。先ほども言いましたが、溶岩流で島民百二十五人全員が亡くなっています」

それを聞いた薫は、身体をすくませる。

溶岩に飲まれて死んだということだろう。逃げ場のない孤島の山が噴火し、火山灰が立ち上り、マグマが迫ってくる。

想像を絶する。

「ここを調査します。溶岩ですべてが溶けた可能性は高いですが、なにかが埋まっているかもしれません」

一度戻って荷物を取ってきましょうと言った勝木は、踵《きびす》を返す。

「あれ？　雨？」

赤川が両手の掌《てのひら》を天に向けながら呟く。

薫の鼻にも、雨粒が落ちてきた。

ポツポツとした雨は、瞬く間に雨脚が強くなってきた。風も、尋常ではないくらいに強くなっている。急激な変化だった。

「……まずいな。やっぱりこっちにきたか……避難しましょう」

空を睨《にら》みながら独り言のように呟いた勝木に、薫と赤川はついて行く。

足早に進み、屋根が残っている建物内に入った。中は、椅子や机、比較的新しい大型のキャビネットなどが並んでいた。廃屋というには埃《ほこり》も少なく、清潔さを保った空間。

「ここは旧気象観測所の地震計記録室だったところです。山階鳥類研究所の所員が、ここに入島した際に寝泊まりしているって聞きました。さっき言った、アホウドリの保護研究をしている人たちです」

勝木は、濡れた髪を掻き上げてから、薫と赤川にそれぞれタオルを差し出した。

それぞれが、濡れた部分を拭く。

雨脚は強さを増していき、ガラス窓を激しく叩いている。嵐と言っていい状況になっていた。

「ここなら一晩泊まっても問題なさそうですね」

そう言いながら赤川が同意を求めてきたので、薫は眉間に皺を寄せる。

「え？　一晩って？」

「食料と水は多めに持ってきていますので、大丈夫ですよ」

すんなりと赤川の言葉を受け入れた勝木は言う。

「僕も、お菓子をいっぱい持ってきたから」

赤川はバックパックからポテトチップスやチョコ、焼き菓子、ペットボトルのジュースなどを取り出す。薫は、見ているだけで胸焼けがしてきた。

「え？　いったいどういうこと……？」

語尾が萎《しぼ》む。予定では、日帰りということだった。どうして一晩過ごさなければならないのか。

赤川は、不思議そうな顔をして口を開く。

「さっきのヘリコプターのパイロットが、もし台風が進路を変えて鳥島周辺に接近するようだったら、迎えには行けないから、収まるまで建物内に避難して待っていてくれって言っていました。聞いていなかったんですか？」

「そんな記憶は……」

そこまで言って、ヘリコプターの中で寝ていたことを思い出す。赤川も寝ていたが、たしか先に起きていた。その間に聞いたのだろう。

「台風？　台風が来るって予報に出ていたの？」

「予想進路では、台風は逸れるってことになっていたんですが、進路が変わったみたいですねぇ。もし飛行経路に台風の影響があれば、迎えは明日にするということだったんですよ。え、本当に聞いていなかったんですか？」

信じられないといった調子で赤川が言う。

「……お前、そのことを羽木さんに言わなかったのか？　散々言ったよな？　もしかしたら台風で足止めを食うかもしれないから、来なくてもいいって」

額に手を当て、困った表情を浮かべながら勝木が問う。

「いや、てっきり知っているとばかり思っていたから」

赤川は、なぜか薫に同意を求める。

そんなこと、一切聞かされていない。頭を抱えたい衝動を、薫はなんとかこらえる。

こんな場所で一夜を過ごす。まったく想定していない事態に、頭が混乱した。

焦りを覚えた薫だったが、深呼吸を繰り返すうちに、慌てる必要はないことに思い至る。

風雨をしのぐ場所があり、食料も飲料もある。床は堅くて寝心地は悪いだろうが、一晩くらいなら問題ない。明日も休みなので警察署に連絡する必要もない。

むしろ、これは勝木との仲を深める千載一遇のチャンスなのではないか。赤川が一緒なのが悔やまれるが、この際気にしないでおこう。

「すみませんが、一晩ここに留まって嵐がやむのを待つことになります。ニュースによると台風の動きがかなり速いようなので、今晩中に通り過ぎるとは思います」勝木が申しわけなさそうな顔で続ける。

「この建物は、台風にも耐えられるような頑丈な造りをしているらしいので、ここから出なければ安全です。こんなことになってしまい、本当に申しわけないです」

謝られた薫は、慌てて首を横に振った。

「だ、大丈夫です！　全然大丈夫です！　願ったり叶ったりといいますか！」

口を滑らせてしまい赤面したが、勝木は不思議そうな顔をしただけで言及してこなかった。

強風で窓ガラスががたがたと軋む。薫は身体を萎縮させ、窓の外を見る。叩きつける雨によって、視野が完全に奪われている。

風は強くなる一方で、建物全体が揺れているように感じるが、吹き飛んでしまうのではないかと思うほどではない。

おもむろに立ち上がった赤川が窓に顔を近づけた。

「海も荒れてるでしょうねぇ……これは完全に台風ですねぇ」

他人事のような口調だった。

雨のせいか湿度が上がり、室内は蒸し暑かった。電気はつかなかったので、勝木はリュックサックからランタンを取り出して灯《とも》す。十分な明るさではなかったものの、不便はなかった。

「それじゃあ、ご飯を食べましょうか」

赤川は言い、勝木が持ってきたおにぎりに手を伸ばし、食べ始める。これ以上ないというくらいに幸せそうな顔。

「いやぁ、無人島で食べるご飯ってのも、良いですねぇ。サバイバルって感じで」

口の端からご飯粒をこぼしながら言う。見た目が汚い。薫は眉根を顰《ひそ》め、いつもの調子で悪態を吐きたくなったが、どうにか堪えた。勝木に見られるわけにはいかない。

「おにぎりはコンビニで買ってきたものだし、建物の中で食べているから、無人島って感じはしないけどな」

勝木の指摘に、それでも無人島で食べていることに変わりはないと赤川が主張した。

「あ、これ食べていいですよ。新商品みたいです」

ポテトチップスを差し出された薫は、ラベルを見る。〝桃味〟と大きく書かれてあった。なぜ赤川はこんな味を買ったのか。ポテトチップスに甘みを求めたことなど一度もない薫は理解に苦しむ。

「お前、やっぱりセンスないなぁ」

そう言いながら、勝木がおにぎりと緑茶のペットボトルを薫に渡す。受け取るとき、指と指が触れる。これくらいで顔を赤らめてしまった。薫は、自分が嫌になった。

赤川は勝木が持ってきた食料を平らげ、お菓子に手をつけ始める。食べている間、世界の幸せを凝縮して堪能しているような表情を浮かべていた。手の甲で口を拭い、サイダーを飲んでげっぷをしていた。

赤川がいる限り、勝木と良い雰囲気になることはない。薫は諦観《ていかん》しつつも、この機会を逃してたまるかと口を開く。

「あの、勝木さんは、民俗学を専攻されているとおっしゃってましたよね」

緊張からか、不自然な口調になってしまう。

「はい」

おにぎりを頬張りながら頷く。ただのおにぎりを持っているだけなのに、どうしてこんなに格好いいのだろう。一瞬見惚《みと》れてしまった薫は、覚られないよう、すぐに顔を引き締める。

「どうして、民俗学を学ぼうと思ったんですか」

ありきたりな質問だという自覚はあったが、共通の話題がないので仕方ない。

左手を顎に当てた勝木は、少しだけ口をへの字に曲げた。

「実は、自分でもよく分からないんです。強いて言うなら父の影響でしょうね。父親も民俗学の教授だったんです。仕事を楽しそうにしている姿を見ていて、子供心にそれが羨ましくて。気付いたら同じ道を進んでいました」

なんてアカデミックな家庭なのだろう。

「父はすでに大学を退いていますが、今も民俗学の研究を続けていますよ。民俗学って〝在野の学〟と呼ばれているんです。学歴や職業にかかわらず、興味があれば誰でも追究することができるんです。民俗学の意義についてはさまざまな意見がありますが、私自身は、文化や信仰や思考の様式を解明することで、昔の人がなにを大切にして、どう生きてきたかを知ることができる重要な学問だと思っています。陳腐《ちんぷ》な表現かもしれませんが、それらを知ることは、現代を生きる我々の道しるべになるかもしれないんです」

目を輝かせた勝木は、恥ずかしそうに頭を掻いた。

「……在野の学、ですか。私でもできますか」

「もちろんです。なんにでも興味を持って、そこに飛び込む覚悟があれば」

勝木が笑みを浮かべる。

酒でも入っていれば、結構良い雰囲気になってもいいシチュエーションだ。こんな状況であることが悔やまれる。

先ほどから、赤川が室内をちょろちょろと動き回って、キャビネットの中やワゴンを漁《あさ》っていた。まったく落ち着きがない。

「お、こんなところになにやら大物が」

嬉しそうな声を出した赤川が、ハイキャビネットから折り畳まれた布のようなものを取り出した。

「これはゴムボートだね」

　立ち上がった勝木が近づき、手で触れながら言う。

「電動エアーポンプもあるし、最悪、これで脱出することもできるね」

「これで八丈島まで？　無理じゃない？」

　赤川が下唇を突き出す。

「二馬力の船外機もあるから、二キロくらいは問題なく岸から離れられるよ。オールを使って死ぬ気で手漕《てこ》ぎすれば、八丈島に到着できなくもない」

「無理無理無理。オールで手漕ぎなんて絶対無理」

「まぁ、たしかに無理だろうけど」

　勝木は笑う。無邪気な笑顔だった。

　その笑みに見惚れた後、薫は室内を探索する。非常食やシュラフ、救急セットも豊富にストックしてあった。ここに定期的に来る人間は、かなり用心深いのだろう。このまま鳥島に取り残されても、一週間は余裕で過ごすことができそうだった。

「そういえば、羽木さんって、結婚されていたんですよね？」

　なんの脈絡もなく、赤川が聞いてくる。

その問いを受けた薫は、頭に血が上る。怒りではなく、極度の緊張状態に陥る。

こんな場所で、急に結婚していたことを聞かれるとは思わなかった。嫌な記憶が、泥《でい》流《りゅう》のように頭の中を荒らしていく。

ボールを飲み込んだかのように、息ができなかった。

「まぁ……もう離婚したけど」

やっとの思いで、そう答えた。

赤川の視線が、勝木へと移る。

「それなら、勝っちゃんと一緒だね。バツイチ同士」

「……なんで今、そんな話になるんだよ」

勝木は、うんざりした様子で言う。

「まぁ、会話くらいしかすることないから」

あっけらかんとした声を出した赤川は、薫を見た。

「勝っちゃん、研究に没頭しすぎて離婚されたんですよ。結婚記念日と誕生日を二回連続で忘れて、見限られたみたいです」

「……なんでそんなことを言うんだよ」

こめかみを指で揉《も》みながら、困り顔になる。

「まぁ、それ以降、女性と付き合うのが恐ろしくなって、研究一筋なんですよ。誰か、貰い手はいないですかね」

赤川は言い、朗らかな笑い声を上げた。

――貴重な情報、ありがとう。

薫は心の中で呟く。

最初は殴ってやろうと心に誓っていたが、この話題を出したのは、赤川なりのアシストなのかもしれないと思い、その誓いを捨てることにする。

いや、そんな気の利いたことをするタイプではない。頭を軽く叩くくらいの誓いを再度立てる。

「人のことばかり馬鹿にして。そういうお前は、彼女いるのか?」

きょとんとした赤川は、すぐに首を横に振る。

「僕はほら、食専門だから。あと、刑事の仕事が好きだから」

前半の理由は納得だが、後半の要素は意外だった。

その言葉を聞いた薫は、目を軽く見開いた。

――刑事の仕事が好きだから。

胸を張ってそう言える現役の刑事は、どれくらいいるだろう。拘束時間が長く休みが不定期なので、友達付き合いにも苦労する。腐乱死体を見たり、解剖に立ち会ったりしなければならないし、凶悪犯に対峙《たいじ》して神経を磨り減らし、被害者の悲しみを目の当たりにして精神を消耗する。

そんな現場にいてもなお、刑事が好きだと言える赤川を、少し羨ましく思った。

「そういやお前って、どうして刑事になったんだ?」

「僕?」

赤川は、自分を指差す。

「実家は金持ちだろ? 家業を継ぐという選択肢はなかったのか?」

その問いに、困り顔になってから口を開く。

「……いやいや、僕には無理だよ。商才なんてないし。世にも恐ろしい姉が僕の代わりに立派に会社で業績を上げているらしいし。僕が入る余地なんて、とてもとても」

謙遜《けんそん》ではなく、本当に向いていないと思っているのだろう。

赤川の話を聞きながら薫は、自分自身はどうして刑事になろうとしたのかを考える。警察官という正義の味方に憧れたのはたしかだったが、それが、この道に進む確固たる指針というわけでもなかった。

薫は、おもむろに腕時計を確認する。いつの間にか二十二時近くになっていた。

窓の外を見る。

風も収まり、雨も止んでいた。

「思いのほか、台風が早く通過したみたいですね」

そう言って赤川は立ち上がり、先ほど見つけた双眼鏡を手に取り、覗《のぞ》く。

「お、月も出てる。せっかくだから、ちょっと探検してきますね」

「は？　探検？」あっけにとられた様子の勝木が声を出す。

「なに言い出すんだ。暗い中で海に落ちたら洒落《しゃれ》にならない」

「月明かりを頼りにすればいいよ」

「阿呆《あほう》」

「じゃあ、ランタンを使うからさ」

「いや、ランタンは一つだけだから、持って行かれたら困る」

「……あとは寝るだけじゃん？　暗くても問題ないじゃないか」

ふて腐れたような口調で赤川は言う。まるで子供だ。

勝木は、これ以上ないというほどの大きなため息を吐く。

「お前、運動神経悪いだろ。さっきも何度も転びそうになっていたじゃないか。明るいときでさえそうなんだから、危ないに決まってるだろ」

「ちっ、人の冒険心を妨害しやがって……」

顔をしかめた赤川は、双眼鏡で窓の外を見た。口を尖《とが》らせている。

大人げない反応だなと思いつつも、赤川の提案は薫にとっては魅力的だった。探検に出てしまえば、この空間に勝木と二人きりになれる。しかも、暗い空間に二人きり。そう簡単に上手《うま》くはいかないだろうが、チャンスには違いない。

探検に行くことを自然に後押ししようとするが、赤川の大声に遮られる。

「なんだあれ？」

あまりの大声に、薫は驚く。勝木も同様だったらしい。

「……ん、あれ、船じゃない？」

双眼鏡を覗いたままの赤川が告げた。

＊

私は恵まれていたのだろうか。

自分では不幸だと思っていたが、多分、恵まれていたのだろう。

だが、ずっと渇きを感じていた。

この渇きを癒やす術《すべ》を探していたが、どうすれば満たされるのか分からなかった。

そんなとき、あの人に出会った。

あの人は、輝いていた。まるで、この世の中のすべてを手にしているとでもいったように。

ただ、あの人が輝けば輝くほど、影も濃くなる。

あの人は、私以上に渇きを覚え、渇望していた。なにを求めているのか分からないくらいに、ともかくすべてを自分のものにしたいようだった。

あの人に、私は求められた。

だから、私も求めたのだ。渇きを癒やしてくれる、あの人を。

＊

「船？」

勝木は窓の前に立ち、目を凝らす。

「……本当だ」

薫も窓から覗き、目を細める。たしかに、大きな船のようなシルエットが見える。鳥島から、そう遠くない。

「どうしてこんな場所に……しかも、停泊している。故障かもしれないな」

勝木が言うとおり、船は静止して見えた。

「どれ、貸してくれ」

勝木は、赤川から双眼鏡を受け取って覗き込む。

「たしかに古い。ただ、かなり大きな船舶だ。客船だな……え？」

勝木は驚くような声を発した。

「どうしたんだよ」

赤川が問うが、勝木は手で目を擦って返事をしなかった。自分が見ている景色を疑っているような仕草だった。

やがて、勝木が口を開く。

「……あの、船の側面に書かれている文字を見てくれ。月明かりと、船のマリンランプでなんとか見えるだろ」

促された赤川は、怪訝《けげん》な表情を浮かべる。

「なんだよいったい……ええっと……C、O、T、O、P、A、X、I……って書いてある……コトパクシ？」

「……やっぱり、そう書いてあるよな」

呟いた勝木は、顎の無精髭を手で撫《な》でる。考えるときの仕草なのだろうなと薫は思う。渋くて格好いい。様になる。

「コトパクシがどうしたんだよ？　コトパクシってなんだよ？」

「いや……」

赤川が子供っぽい声で訊ねる。

一度躊躇《ちゅうちょ》した勝木が続ける。

「コトパクシ号は、一九二五年にサウスカロライナ州チャールストンを出航した船に付けられていた名前なんだが……その船は、出航から二日後に失踪しているんだ。沈没説が濃厚だが、残骸《ざんがい》すら発見されなかった。なにせ、バミューダトライアングルで消えたから」

「バミューダ？」赤川の目が輝く。

「バミューダかぁ。それはオカルトだねぇ」

感慨に耽《ふけ》るような声。

薫は思い出す。赤川と勝木は、大のオカルト好きなのだ。

勝木は顎髭を手で撫でる。

「二〇一五年にキューバかどこかの沿岸警備隊が、所属不明の不審船を発見したって報道があったんだ。錆《さ》びた船の写真と一緒に報道されて、その船が、失踪したコトパクシ号だという噂《うわさ》が流れたんだ。結局デマだったけど」

「なんかそんなニュースあったねぇ。もしかして、今目の前に浮いている船が、本物ってこと？」

赤川は顔全体で嬉しさを表現する。

視線を客船に向け続けながら、勝木が首を傾げた。

「いや、コトパクシ号は蒸気船だし、百年近く漂流していたにしては綺麗な外見をしている。でも、たしかにコトパクシと書かれてあるし……どういうことだ」

赤川は、妙案を思いついたように手を叩いた。

「時空の狭間《はざま》に落っこちて、ふとした拍子に戻ってきたとか？　その時空では、時間が進むのがめちゃくちゃ遅くて、だから、あのくらいの劣化で済んでいるという説」

「その説は魅力的だけど、現実的じゃない」

勝木の言葉に、赤川は同意するように頷く。

「もしかしたら、同じ名前をつけた客船かもしれないね」

「突然姿を消した船の名前を、客船がつけるとは思えない。縁起が悪い」

薫が指摘すると、赤川は腕を組んだ。

「たしかに……ちなみに、コトパクシってなんて意味なの？」

「ケチュア語で、〝光る巨大なもの〟」

「ケチュア語？　なにそれ？」

「南アメリカで話されている言語グループだ。ボリビア、ペルー、エクアドルなどで使用されている。ボリビアとペルーでは公用語の一つになっていて、過去にはインカ帝国において公用語でもあった。ただ、一般にケチュア語と呼ばれるものは、大きく分けても十以上ある。もちろん、語彙《ごい》や文法も異なる。まぁ、ケチュア語は、言語というよりも、語族って表現のほうが当てはまるな」

「へぇ……なんか、勝っちゃん、民俗学者っぽいね」

「民俗学者だからな」

感心する赤川から双眼鏡を奪い取った薫は、船体に書かれた文字を確認する。たしかに、コトパクシと読むことができる。船には多数の窓が設置されており、巨大ではないが、豪華客船という表現が相応《ふさわ》しい。

「それにしても、どうしてあんな場所に停《と》まっているんだろう」

赤川が首を傾げる。

「たしかに。こんな時間に、こんな場所に停泊する理由が分からない。アホウドリの繁殖時期なら、それを見るために近くを通る場合もあるらしいが、今はその時期ではない」

こんな時間に、こんな場所。

そのとおりだ。なぜあんなところで停泊しているのか。

そう思いながら、薫は双眼鏡を動かしていると、白い船体の横に、なにかが浮いているのに気付いた。

「あれ、なんだろう……」

テントのような形をした船の頂点に、赤いランプが点滅している。

「UFOですか？」

赤川が嬉々《きき》とした声を発する。

そんなわけあるかというツッコミを入れる気も起きなかった。

「……救命ボート？」

「どれですか？」

　勝木が隣に来たので、双眼鏡を手渡す。

「えっと……あ、たしかにそうですね。あれは、膨張式救命いかだです。もしかしたら、船でなにかしらの事故があって、それで脱出しようと思っているんじゃないですかね……ただ、救援を求める信号旗などは掲げられていませんね」

「信号旗？　なにそれ？」

　赤川が訊ねる。

「国際信号旗といって、船舶間での通信に利用されるんだ。アルファベットを表す旗や、火災が発生したときに掲げる旗があって、それで船同士の意思疎通を図ったりする。たとえば、救援を求める場合は、白地に赤でバッテンが描かれた旗を揚げる。それで、〝救援を求む〟という意味になる」

「……そんな旗、揚がってないよ」

「うーん……今掲げられているのは〝本船は演習中〟だという二字信号だ」

　二字信号。たしかに、旗を四分割して、組違いに赤と白が塗られたものと、赤と黄色の斜めの縞模様《しまもよう》の旗が掲げられていた。先ほど勝木の説明した救助を求める旗は、白地に赤の〝×〟。旗が二つで二字信号というのなら、これは一字信号と言うのだろうか。

「でも、救命いかだが出ているし……」躊躇するような沈黙の後、再び声を発する。

「よし、波が高くなかったら、ゴムボートで迎えに行こう」

「え？」

勝木の発言に、薫は目を丸くした。

「迎えに行くんですか」

「もしかしたら、緊急事態かもしれませんから」勝木の瞳は、真剣そのものだった。正義感に燃える新人警官のそれに通じるものがある。

「鳥島は、ご存じのとおり断崖に囲まれています。上陸できるのは、A港とB港と呼ばれる場所からだけです。鳥島に詳しい人間なら別ですが、この暗さでは港に辿り着けるかどうか怪しいですから。案内が必要です」

そんなことをする必要があるのかと薫は一瞬思ったが、もしかしたら急病人がいるかもしれない。鳥島でどの程度の対応ができるかは分からないが、救命いかだで揺られているよりはましだろう。

「それじゃあ、羽木さんはここに残っていてください。私と剣信の二人で行きます」

勝木の提案に、赤川は驚くような声を出す。

「え、僕だけ？　羽木さんも行きましょうよ。だって、消失したはずの船を間近で見れるんですよ？」

さも、ご褒美であるかのような口調。そんな機会に恵まれたくはないと思いつつ、返答に窮する。

「いや、だって危険だろ」

勝木が窘《たしな》めるが、赤川は納得しない。

「最近のゴムボートは、そう簡単に転覆しないよ。それに、ライフジャケットも人数分あるし。波が高かったら、僕と勝っちゃんの二人で行けばいいよ」

赤川が自信満々の表情を浮かべる。なにを根拠に言っているのか。

「それにこのゴムボートの船外機、ずいぶん使われていない感じだから、もし途中で壊れたらオールを使わなきゃいけないし。不測の場合に備えて、人手は多いほうがいいと思うんです。そう思いませんか？」

赤川が薫に笑いかける。

それが本当の理由か。

薫はどうしようか迷ったが、意を決して勝木を見た。

「……私も行きます。たしかに船外機が故障したら、オールを使わなければならないですし」

正直、ここに留まりたいという気持ちもあった。ただ、ここに一人で取り残されるほうが嫌だった。一人きりは心細い。

薫の決心を受けた勝木は、困惑した表情を浮かべるが、最終的に頷く。

「人手は多い方が助かります。ここの備品を拝借した件は、のちほど山階鳥類研究所に謝りましょう」

安堵《あんど》したのも一瞬で、夜の海をゴムボートで進むことに恐怖心を抱く。

しかし、今さら行かないとも言えない。

勝木は慣れた手つきで、電池式の電動ポンプの動作確認をした後、船外機にガソリンを入れる。こちらも問題なく動いた。

あっという間に、準備が整った。

外に出ると、先ほどの暴風雨が嘘であるかのように凪《な》いでいた。

電動ポンプを薫が持ち、折り畳まれたゴムボートを赤川が抱える。そして、推進力となる船外機とオールを勝木が抱えた。

月明かりが思った以上に明るく足下を照らしてくれたお陰で、岩肌に足を取られることもなく、雨でぬかるんだ荒蕪地《こうぶち》で滑ることもなかった。

薫は、慎重な足取りで坂を下りながら、ときどき海に視線を送る。洋上に豪華客船が不気味に横たわっていた。

「一九〇二年の噴火で、島の北部に兵庫湾《ひょうごわん》という火山地形ができたんです」歩きながら、勝木が説明を続ける。

「それで、そこは大正から昭和初期あたりまで港として使われていたのですが、一九三九年の噴火で埋まってしまいました。そこで、西岸にある初寝崎《はつねざき》の一部を気象庁が整備し、現在は僅かに残っているA港とB港と呼ばれる場所に船を寄せることができますが、浅いため、ゴムボートでしか接岸できません」

話を聞きながら、薫は息が上がってきた。電動ポンプは重くないが、足場を確認しながら進むのが厄介だった。

もっとも重いものを運んでいる勝木は、まったく息が上がっていなかった。普段から鍛えているのだろう。

薫は後ろを振り返る。

空気の入っていないゴムボートを抱えた赤川は、今にもその場に突っ伏しそうなほどにふらついていた。

勝木に先導され、A港と呼ばれる場所に到着する。

たしかに、普通の船舶が近づける間口の広さはなさそうだった。

「……ちょっと思ったんですけど」赤川が口を開く。

「まさか、不審船ってことはないですよね？　八丈島警察署で、ゴミを不法投棄しているって話を聞きましたよね」

「私も一瞬そう思ったけど、客船だから不審船ってことはないと思う」

海に浮かぶ船を見ながら薫は呟く。およそ百年前に消えたコトパクシ号が、客船となって現われた。不審船よりも恐ろしいと思う。

「波の高さは問題なさそうです。ゴムボートで行けます」

海を覗き込んだ勝木が頷きながら言った。

「本当に、行きますか？」

勝木が訊ねてきたので、薫は頷く。

「分かりました。付き合わせてしまって、すみません」

「いえ、私も人の役に立ちたいと思っていますから」

先ほどは面喰《めんく》らったが、目の前で異常事態が発生しているかもしれないのに、指をくわえて見ているわけにはいかない。

これでも刑事だ。刑事は相応の覚悟がなければ務まらない。

電動ポンプの電源を入れた勝木は、慣れた手つきでゴムボートを膨らませる。五分もかからずにぱんぱんになった。

船外機を取り付け、乗り込む。三人でぴったりのサイズだった。

ゴムボートに立てた棒の先端にある航行灯をつけると、周囲が明るくなった。月の光と相まって、かなり遠くまで見通すことができた。

船外機を稼働させると、小気味のいいエンジン音が鳴る。

「では、出発します」

港に縛っていた縄をほどき、ゴムボートが動き出す。

明るさが保たれているせいか、思ったほど怖くなかった。台風一過と表現したらいいのか分からないが、風もほとんどなく、波も穏やかなのも安心感を覚える。目的地である〝コトパクシ号〟までの距離も短く、ライフジャケットも着ているので、ゴムボートになにかあって転覆しても、泳いで鳥島に戻ることもできそうだった。

そしてなにより、勝木の自信に満ちた表情が心強かった。

「ゴムボートの運転、慣れていますね」

その言葉に、進路の調整をしていた勝木は目を丸くしたあと、恥ずかしそうに笑った。

「釣りが趣味で、たまにゴムボートを借りて海釣りをしているんです。夜釣りもよくします」

「え？　そうなんですか。私、釣りに興味があったんですが、なかなか行く機会がなくて」

薫は心にもない嘘を吐く。罪悪感は一切なかった。今この瞬間に、薫は釣りに興味を抱いたのだから、あながち嘘とも言い切れない。

「え？　釣りに興味があったんですか？　この間は興味なさそうだったのに」

赤川の言葉を薫は無視した。

「やっぱり、初心者はハードルが高いんですか？　その、海釣りとかは」

「いえ、簡単ですよ」

勝木は、嬉しそうに顔を綻ばせる。好きなことを語るときの勝木の表情は魅力的だった。

「もしよければ、今度ご一緒しますか？」

「い、いいんですか？」

がっつきすぎだと自戒しつつも、薫は衝動を抑えることができなかった。これは、大きなチャンスだった。

ここまでついてきた甲斐《かい》があった。

「羽木さん、気をつけたほうがいいですよ」赤川が再び横やりを入れる。

「釣りバカってのは、勝っちゃんのために作られた言葉ですから。前に僕も連れて行かれたんですが、それがもう最悪で……」

「いつにしましょう？」

最悪な理由を聞きたい気もしたが、薫は言葉を遮った。勝木と一緒なら、最悪な釣りでもなんでもよかった。

釣りについての情熱を勝木が語っている間に、停泊している〝コトパクシ号〟に到着する。救命いかだから伸びるロープは、タラップに結ばれていた。

近づいてみると、かなり大きな船だった。

「……錨《いかり》は降りてますね」

勝木が指差す。船の側面から出ている鎖が、海中へと伸びている。意図的に停泊しているということだ。

船を見上げる。近くで見ると、かなり大きい。大きな煙突が三つ、天に向かって伸びている。黒く塗られた煙突。船体は白く塗装されていたが、ところどころ傷んでいた。真新しい船ではなく、かなり使い古されたもののようだった。

耳を澄ますが、なんの音も聞こえず、船は沈黙に包まれていた。人の姿も見当たらない。

——幽霊船。

その表現がぴたりと当てはまる雰囲気。無数にあると思える客室の窓は暗かった。ただ、明かりが灯っている箇所もある。

今のところ、危険はなさそうだが、安心できない雰囲気があった。総じて、異様に感じる船。

勝木が慣れた手つきでロープをタラップに固定する。

赤川が船に飛び移り、救命いかだを覗き込んだ。

「空ですね……でも、あれ？」

「な、なに？」

身体を震わせた薫が訊ねる。

「空のペットボトルとか、非常食を食べた形跡がありますね」

「……どういうこと？」

「どういうことでしょう？」

薫の問いに、赤川が首を傾げる。

「客船から逃げようとしたわけではなく、漂流者がこの客船に乗り込んだとかですかね？」

「これは……逃げたほうがいいかもしれません」眉間に皺を寄せた勝木が呟く。

「前になにかで読んだことがありますが、救助を求めていた人間が実は海賊で、救助した船を乗っ取るっていう事件があったって。もしかしたら、救命いかだに乗った海賊がこの客船を……っておい！」

「先に行ってますので！」

顔を輝かせた赤川がタラップを上って手を振り、船内へと入っていってしまった。まるで縁日を楽しむ子供のような足取りだった。

波の音が響く。それ以外に、音はない。

「……仕方ありません。行きましょう」

勝木が腕を伸ばしてくる。薫はその手を取りつつ、こんなシチュエーションでなければ良かったのにと、心の中で悔やむ。

タラップを上がった薫は、勝木の後について船内に足を踏み入れた。

空調が効いているのか、とても涼しかった。これが心霊現象による冷気ではないことを祈る。

船内は静かだ。いや、話し声が聞こえる。赤川の声と、複数の知らない声。一瞬、海賊に襲われているイメージが頭に浮かぶが、赤川の声はいつものように愉快そうな調子だった。

「なんですかね」

不思議そうな表情を浮かべた勝木に、薫は首を傾げた。

狭い通路を進み、声の方向に行くと、開けた場所に出た。

そこは、豪華なエントランスだった。

高級ホテルのフロントのような、華美な装飾。高い天井に吊《つる》されたシャンデリアが、目《ま》映《ばゆ》い光を放っていた。

ただ、かなり古ぼけた印象だった。大理石を模した石目調の床はヒビが目立ち、ところどころ欠けていた。壁紙もめくれている箇所があり、金色に塗られた階段の手摺りの表面も剝《は》げていた。よく見るとシャンデリアも埃が積もっているし、電球部分が取れて無くなっているところもある。

エントランス全体もどこか暗い。音がないのも一因だろうが、最初の豪華な印象は薄れ、幽霊船に迷い込んだような感覚に陥った。

「あ、こっちですよ！」

赤川が手を振っている。その周りに、人の姿があった。

七人。

男が五人と、女が二人。皆一様に疲弊した様子だった。身につけている衣服やアクセサリーの類いは高価なものばかりに見える。年齢は、二十代か三十代前半くらいだろうか。

薫と勝木が現われたことで、七人が警戒するような視線を向けてくる。

「あ、大丈夫。二人は僕の仲間だから」

その言葉に安堵した様子だったが、疑《うたぐ》り深《ぶか》い目を向け続ける者もいた。

「ということは、警察？」

警戒心を薄めた女性が言葉を発する。平静を装ってはいるが、不安感を読み取ることができた。ストレートのロングヘアー。やや面長《おもなが》の、勝ち気な顔立ちをしている。吊《つ》り上《あ》がった目が、猫を彷彿させた。

「羽木さんは警察ですが、勝っちゃんは大学の准教授です」

「……なんで、准教授？」

「ですから、近くの島で調査をしていたんです」

「近くの島って、あの近くの山みたいな島か？」

男の声が降ってくる。階段に腰掛けた男は、かなりの大柄だった。パーマをかけた髪が、身長を嵩増ししている。光沢のある青いシャツを着て、腕まくりをしている。猜疑心（さいぎしん）のこもったつり上がった目が、薫と勝木に向けられた。

「近いよ。ここまでゴムボートで来たから」

勝木の言葉に、男は別の男を睨む。

「ったく、やっぱり三宅《みやけ》は使えねぇよなぁ」恫喝《どうかつ》と表現してもいい口調だ。

「あの島、やっぱり上陸できるじゃんか。こんな気味の悪い船に乗り込んで、なにかあったらどうするんだよ」

三宅と呼ばれた男は、批難を受けて苦笑いを浮かべた。髪を銀色に染めている。

「いや、鳥島って無人島だし……食料とかがない無人島よりも、客船のほうがいいんじゃないかって、ほかの皆も言ってたじゃん」

「口答えすんなよ」

「でも……藁《わら》にもすがる思いっていうか」

「なにが藁だよ」

苛立った男が言う。険悪なムードが漂う。

「まぁまぁ、落ち着いて落ち着いて」赤川が柔和な表情を浮かべる。

「鳥島は近いから、この船から降りて、今からでも移動すればいいじゃないですか。こんな状況ですからカリカリするのは分かりますが」

その言葉に勢いを削《そ》がれたパーマの男は、ふて腐れたような表情を浮かべた。

「……つーか、あんた本当に警察？　デブじゃん」

その言葉に、つり目とは別の女性が笑う。ショートの髪は茶色に染められていた。もともと目が大きいようだが、化粧がその目を二倍くらいに強調していた。

「たしかに。こんな刑事に捜査されたくないかも。捜査中に好きになられて、ストーカーになられたら困るし」

人形のように顔の小さい女性は、口元を手で覆う。爪にピンクのジェルネイルが施されている。キラキラしたものがたくさん付いていた。施術代が、かなり高そうだ。

「それ、あるかも。おっさん、童貞？」

男の言葉に、女性が笑う。

「そんなこと聞いちゃ可哀想だよ。本当だったらどうすんの？」

初対面のくせに、目上を敬うどころか、暴言を吐いてくる。

――なんなんだ、こいつらは。

薫は目を細め、二人を睨んだ。

「あ、刑事のおばさんがキレてる。皺になっちゃうよ？」

女性が蔑むような視線を送ってきた。

――おばさん？

ぶん殴ってやろうと薫は一歩踏み出す。

その進路を、赤川が遮った。

「まぁまぁ。僕らを怒らせても無意味だよ」

笑みを浮かべながら言う。まったく意に介していない。ふりではなく、本当に気にしていないのだ。

「……………」

暖簾《のれん》に腕押しだと覚ったのか、二人はそれ以上暴言を吐かなかった。

「では、状況を把握するので」赤川は咳払《せきばら》いをして、七人を見渡す。

「きみたちは、この船から脱出しようとしたわけじゃなくて、この船に避難してきた。これは、間違いない？」

「そう」

最初に声を発した女性が頷く。長い髪が頰の横に垂れ、それを耳にかけた。光を発しているかのような、美しい髪。着ている純白のワンピースは、シルクのような素材で、明らかに高そうだった。首には派手なネックレスを付けている。手には化粧ポーチが握られていた。

「えーっと、名前はたしか、近藤夏帆《こんどうかほ》さんだったたね」

「はい」

「夏帆さんって、良い名前ですねぇ。夏帆さんって呼んでいいですか？」

「え？　いいけど……」

顔を引《ひ》き攣《つ》らせながら、引き気味に頷く。

「わ、キモっ……やっぱりストーカーの素質ありだわ」

ショートカットの女性が指摘する。

薫は、半ば同意しそうになったが、同僚のよしみで止めておいた。

対して、非難の的となっている赤川は、まったく気にしていないようだ。

「では夏帆さん。海に浮かんでいた救命いかだでここまで来たんですか？」

「そうです。私のクルーザーで小笠原《おがさわら》から青《あお》ヶ島《しま》に行こうとしたんですけど、途中で故障しちゃって」

私の、という言葉を夏帆は強調した。

「え、小笠原から青ヶ島まで、すごく離れていませんか？」

勝木の指摘に、夏帆は得意げな表情を浮かべる。

「七百キロくらい離れてるけど、私のクルーザーは、ＯＴＡＭ社の〝millennium55〟で、最高時速は百キロ以上出るの。燃料効率もいいし、七百キロくらい余裕。イタリアの高級クルーザーで、乗り心地も抜群。船内泊も快適」

「そのご自慢のクルーザーが壊れたせいで、こんな状況になったんだけどな。中古なんだろ？」

「〝millenium55〟は製造中止になってるから、中古しか出回ってないし。そもそも、菅《かん》野《の》が操縦したからでしょ。免許も持ってないくせに。それに最高時速を出し続けるなんて、無茶するから。あれ、一億以上したんだよ。イタリアで買い付けたの」

夏帆が睨みつける。

菅野と呼ばれた男は、パーマ頭を掻いた。

「お前のイタリア好きは聞き飽きた。二言目にはイタリアじゃねーか」

「ほんと、イタリア行きすぎだよねぇ。あっちに彼女がいるんだっけ？」

ショートカットの女性が茶化し、その言葉に夏帆は顔をしかめた。

「あっちでの仕事が多くなっただけ。まぁ、彼女も彼氏もいるけどね……でも、最近は変な男がストーカーみたいになってて、嫌なんだよね。結構怖い奴でさ。彼氏のほうが、いろいろと方策を練ってくれてるんだけど」

飽き飽きしたような調子で夏帆が言う。

「へぇ、イタリア男もストーカーになるんだな。それに相変わらず、男でも女でもいいのか」

「私は、好きな人を好きになる。女性のほうが好きだけど、まぁ、性別は関係なし」

毅然《きぜん》とした態度で夏帆が答える。

菅野は鼻を鳴らし、パーマがかかった前髪を手で払った。

「モテてるようでなによりだ。まぁ、仕事かなにか知らねぇけど、イタ車が壊れやすいのと同じで、クルーザーも大概だな。最高時速出して壊れるなら、そんなスピード出るようなクルーザーなんて作るなよ」

「出し続けるから壊れたの。無茶な操縦するから。下手くそ」

夏帆は指を差し、糾弾するような調子で言う。

「つまり、高級クルーザーで目的地に向かう途中で、船が故障したんだね」

こめかみを掻きながら赤川が確認する。

「そうよ。故障して、半日くらい救命いかだで漂流して、この船を見つけて乗り込んだの」

「勝っちゃん、どう思う?」

赤川が勝木に確認する。

腕を組んだ勝木が、七人を見回した。

「……小笠原から青ヶ島の途中に鳥島があるから、鳥島付近で船が故障したなら、半日ほど救命いかだに乗っていたということも、ここにいることも違和感はない」

「は? 疑ってるのかよ」

「疑うのが刑事の仕事だから」

赤川はさらりと言う。

「いや、こいつは大学のセンコーだろ？」

菅野は勝木を指差す。

「それで、この船はなんなんですか？」

赤川は菅野の指摘を無視した。

「知るかよ」吐き捨てるように言う。

「俺たちがこの船に乗り込んで様子を窺《うかが》っていたら、あんたらが来たんだよ」

不遜な調子。先ほどから、やけに彼らの態度が偉そうだなと薫は感じる。そして、このグループはなんなのだろうという疑問が頭をもたげていた。一億円のクルーザーを乗り回す若者たち。身なりが一流なのは明白だった。

「君たちは、どういったグループなの？」

「あんた、今それ聞く必要ある？」

菅野は嘲笑する。

薫は無言で睨みつける。取調室で容疑者に対峙するときに見せる表情。少し気後れしたような調子を見せた菅野は、自分の反応を恥じるように咳払いをする。

「これだから年増《としま》はむかつくんだよ」

「は？」

薫は怒りに顔が赤くなった。

「そんなことどうでもいいけど、早くこの船から出て鳥島ってところに行こうよ。やっぱりなんか変だよ、ここ」

夏帆の近くにいたショートカットの女性が言う。苛立ちの中に、不安が見て取れる。表面上は強がって赤川を馬鹿にするようなことを言っていたが、それは、不安から逃れようとするための手段だったのだろう。よく見ると、手が震えていた。

薫は周囲を確認する。この船が客船であることは間違いない。しかし、先に避難してきた七人以外に、人の気配はなかった。音もしない。正直、不気味だった。

「私たちが来るまでに、船内に誰かいた？」

「いたら、言ってる」

菅野が疲れたような声を出す。

「誰かがいる感じはした？」

「しない」

「ここにずっといたの？」

「いた。なんだよこれ、尋問か？」

菅野は言い、床に唾を吐いた。

「船のタラップは、ずっと降りてたのか？」

勝木の問いに、用心深そうな表情を浮かべた三宅が頷く。

「……降りて、ました」

唸《うな》るような音を出した勝木が続ける。

「タラップを降ろしながら航行するはずないから、停泊してから降ろしたんだろうな。救命いかだを発見して停泊して、錨を降ろしたと考えるのが妥当だ。救命いかだから船を発見したとき、船から、なにかしらのアクションはあったのか？」

三宅は首を横に振る。

「たぶんですけど、ずっと停泊していた感じです」

「……乗員が姿を見せないなんて、変だな」

勝木は、厚い唇を歪《ゆが》めた。

エントランスを見渡した夏帆は、途端に心細そうな表情になった。

「やっぱ、この船、変だよね。携帯の電波もないし……鳥島には、食料とかもあるの？」

「もちろん。ジュースもあるし、お菓子もたくさん……」

赤川が答えている途中——突然、大きな音がした。

船体が震える。微《かす》かに地響きのような音が聞こえた。

「え？　動いた？」

菅野が呟き、エントランスの窓に駆け寄った。

「……動いてるじゃん」

そう言って振り向き、全員の顔を確認するように視線を移動させる。

薫はすぐに、ここまで来た道のりを戻ろうとするが、開けていたはずの扉は閉まっていた。

「どうしたんですか」

後ろからやってきた赤川が問う。

「……開かない」

薫は取っ手を強く握って上下に動かすが、びくともしなかった。まるで溶接されたかのようだった。

「え、どうしてですか？　ここから入ってきたじゃないですか」

赤川も同様に扉を開けようとするが、結果は同じだった。なにかの拍子に、鍵が閉まったのだろうか。

「なんだこれ。本当に閉まってる」

何度か開けようと試みた後に諦めた赤川は、額に浮かんだ汗を拭う。

後から勝木と菅野も来て、同じように扉を開けようとしたが、無駄だった。

全員でエントランスに戻る。

「本当に、この船の船員に会ってないの？」

薫の問いに、六人は首を横に振った。

首を振らなかった菅野が、舌打ちをする。

「何度も言うけどな、誰にも会ってないし、別のエリアにも行っていない。この場所で様子を見ていたんだ。タラップも降りてたし、船の誰かが迎えに来てくれるんだとばっかり思ってたんだ。誰もこないし、なんか気味がわりーなって話してたんだよ。そうしたら、あんたらが来たんだ」

気味が悪いのは同感だった。薫は、自分が彼らの立場だったとしても、同じように様子を見るだろう。無闇に動くのは危険だと思わせる空気が、船内に漂っていた。

船のタラップが降りた状態で航行することなどありえない。停泊し、タラップが降りていたということは、救命いかだを見て受け入れるという意思を示したということだ。ここにいる七人は、船に招かれた。

それなのに船員が一向に現れず、船が動き出したというのは、どういうことだろうか。

「ともかく、このままここに留まっていても仕方ない」勝木は声を張る。

「別の部屋に行けば、船員がいるかもしれない。というか、いてくれなきゃ困る。船が動いているんだから、いるのは間違いない」

反論はなかった。

計十人で、エントランスを調べる。

今いる場所は一階で、上に階段が伸びている。どうやらこの船は三層に分かれているようだ。階段の手摺りに施されたデザインを見る。非常に細かく、豪奢《ごうしゃ》だ。かつて豪華客船と呼ばれていた船という表現が、ぴたりと当てはまる。

薫たちは三階を捜索したが、どこも開かなかった。二階も同様らしい。

「あ、開いた！」

声の方向を向く。一階の扉を開けた夏帆が皆を呼んでいた。

開いた扉へと集まる。装飾が施された木製の扉。ささくれ立ったような箇所や、引っ掻き傷のようなものもあり、年代を感じさせる。取っ手を握っていた夏帆が、扉を前に押す。抵抗なく開いた。

身構えた薫だったが、扉の先はなんということのない光景が広がっていた。

大きなカウンターがあり、ソファーがいくつも置かれている。

レセプションエリアというものだろう。受付として使っているであろうスペースは無人だった。人の気配もない。

周囲を見渡す。ここも古めかしい。並べられたソファーは汚れており、ところどころ破れ、綿のようなものが飛び出ていた。

「……なんか、おかしいですね」

警戒するような表情を浮かべた赤川が言い、なにかに目を留めて立ち止まる。

客室の案内板だった。かなりの数の客室がある。

「やっぱり客船ですね。客も船員も、今のところ姿を見せませんが……もしかして、壮大なドッキリとか？」

くだらない発言に、薫は返事をする気力を削がれる。

船内の案内図を探してみたが、どこにもなかった。

目を勝木の方向に向ける。扉を調べているようだった。

「どうしたんですか」

薫は近づいて訊ねる。

「開かない扉が多いんです。ほら、これもそうです」

取っ手を握って押したり引いたりするが、ここもまったく動かなかった。開くかもしれないという手応えが一切ない。

「あ、ここは開くよ」

夏帆が声を上げて扉を引いて中に顔を向ける。そしてそのまま硬直してしまった。表情を失った横顔。

異変を察した薫は、夏帆の元に駆け寄り、そして、扉の先を見た。

そこは、小さな部屋だった。十人入れば窮屈に感じる広さで、それほど綺麗な場所ではない。船員用に割かれていたであろう空間。その中央に、長テーブルが置かれてあった。

海を見下ろすことのできる窓の反対側の壁際には、調理スペースがあった。必要最低限のキッチン設備。そこまでは、想定の範囲内だった。無人の豪華客船が洋上に浮かんでいるという異常事態に比べれば、この部屋の構造はありきたりで、拍子抜けするほどだ。ただ一点だけ、この空間を異常たらしめるものがあった。

長テーブルの上に、食事が用意されてあった。

皿に置かれたトーストとウィンナーとサラダ。コーンスープ。キッチンコンロの火はついており、フライパンが置かれてある。その上で卵が目玉焼きになっていた。ポットの中にあるコーヒーは湯気をくゆらせている。

何者かが、先ほどまで朝食を作っていて、テーブルの上に並べた。それ以外に考えられないような光景だ。

「焦げちゃいますよ！」

薫の横を通り抜けた赤川は、慌てた様子で部屋の中に入り、コンロの火を消す。そして、フライパンの中を確認し、安心したような笑みを浮かべた。

「良い感じの焼き具合ですね。これ、食べられそうですよ」

「……本気で食べる気？」

薫がつっこみを入れると、赤川は不思議そうな顔をする。

「お腹空きましたから。美味しそうですし」

「……いや、明らかに変でしょ」

「まぁ、作った人がいないのは変ですけど。でもこれは人がいる証拠ですよ。トイレかどこかに行っていて、もうすぐ戻ってくるかも……」

赤川が呑気なことを言っている途中で、ピピピ、という異音が聞こえてくる。

いや、鳴き声だ。

そう認識したと同時に、黄色い物体が部屋を横切り、赤川の肩に止まった。

――ピイ、ピューイ。

カナリアだった。

「びっくりしたぁ……」

言葉の割にそれほど驚いた様子を見せない赤川は、カナリアを目の端で確認してから、愛らしそうに撫で始める。カナリアも赤川のことを気に入ったのか、頬のあたりまですり寄っていた。

「可愛いなぁ」

言いながら、微笑《ほほえ》む。緊張感とは無縁の場所で生きているのだろうかと薫は勘繰りたくなった。

「……これは、メアリー・セレスト号と同じ状況ですね」

隣に立つ勝木が呟く。

「メアリー……なんですか、それ」

薫は訊ねる。聞いたことのない名前だった。

「一八七二年に、ポルトガル沖でメアリー・セレスト号が無人の状態で発見されたんです。発見されたとき、船中には作ったばかりと思われる朝食が残されていたんです。まさに、こんな感じだったんでしょうね」

この光景が信じられないとでも言いたげに、勝木は肩をすくめた。

無人の船に、朝食が残されていた。

薫は寒気を覚え、身体を震わせる。

そして、船体に書かれてあった文字を思い出した。

コトパクシ。

コトパクシ号は約百年前に行方不明になった船だという。そして、メアリー・セレスト号は、乗員や乗客が消え去った船。

いったい、なにが起きているのだろうか。

全員が部屋の中に入ってきた。皆、この状況の不可思議さを口にする。すんなりと状況を受け入れたのは、赤川だけのようだ。

「あ、なかなか美味しいですよ」

赤川は、皿に載っているウィンナーを抓《つま》んで食べる。

止める間もなかった。

薫は固唾を飲んで様子を窺う。こんな状況下だ。毒を盛ってあっても不思議ではない。だが、特に変化はなかった。

赤川の様子を確認した菅野は、椅子に座った。それを皮切りに、ほかの六人も座って食事を始める。得体の知れないものをよく食べられるなと薫は思ったが、どうやら、腹を空《す》かせているらしかった。

椅子は七脚あり、皿の数もちょうど七つ。

偶然かもしれないが、この若者たち七人のために作られた朝食のように思えた。

一度、夏帆がフォークを持つ手を止めて不安そうにほかの人の様子を確かめるように見渡したが、食欲には勝てなかったらしく、食事を再開した。

あっという間に皿は空になり、七人は湯気の立つコーヒーを飲み始める。

「あなたたちの名前を教えて」薫は警戒心を解かずに告げる。

「それと、どういったグループなのかも」

「……なんで教えなきゃならねーんだよ」

菅野が不遜な態度を取るものの、腹が膨れたからか、どこか満足そうな表情を浮かべていた。

「状況を把握するためよ」

「なんだそれ。まさか、俺たちを疑ってるのか？」

立ち上がった菅野は、喧嘩腰《けんかごし》で近づいてくる。

――手を出してきたら、投げ飛ばしてやる。

そう思った薫は身構えたが、眼前に勝木の背中が現れる。

長身の菅野と同じくらいの身長。だが勝木のほうが筋肉質であり、格闘に有利な体つきなのは明らかだった。

「大人しく座るんだ。私を怒らせるな」

「……なんだよ、おっさん」

菅野が肩を怒らせて威嚇《いかく》するが、どこか虚勢のようにも感じる。

「いいから、座れ」

命令口調。たじろいだ菅野は反抗するような視線を向けたものの、すぐに椅子へと戻っていった。

勝木は薫に微笑みかけ、主導権を渡す。

これは惚《ほ》れてしまう。

薫は顔が赤くなっているのを自覚しながら、咳払いをした。

「じゃあ、まずは名前を教えて。君は、菅野徹《とおる》さんで間違いないわね？」

ふて腐れたように椅子に浅く腰掛けた菅野は首を回してから、点頭する。

「ああ。そしてこいつは近藤夏帆。朝鉱《あさこう》の社長の愛娘《まなむすめ》」

「……アサコウ」

「鉱山会社ですね。金の採掘のために世界中の山を掘って採鉱活動をしたり、廃棄物から金とか銀とかパラジウムとかを回収したりする会社です」

隣にいる勝木が小声で伝えた。

「愛娘って言っても、私自身、貿易会社を経営しているから、しっかりと独立してる」

夏帆が訂正する。自尊心の強さが滲《にじ》み出《で》ていた。

「それでも、親の金や伝手《つて》を使って会社を大きくしているんだろ？」

菅野が茶化すが、夏帆はそれを無視していた。

その後も菅野が、一人一人を指差しながら説明する。

ショートカットの村上美優《むらかみみゆ》はアパレル会社の専務の娘で、今はアパレルブランドを立ち上げているらしい。若者向けのブランドらしいが、そこそこ人気があるということだった。

「ちなみに、こいつは金で男を買っているやつだ。要するに、買春している」

菅野が美優を指差して言う。

「今、それ言う？」美優が顔をしかめる。

「というか、買春ってのは不特定の人間と金でヤることだし。私の場合は、特定の相手を買っているだけだから、別に犯罪じゃないし」

「犯罪じゃなくても、えげつねぇだろ」

「どこがえげつないの？　男なんて、金で繋《つな》がっているくらいがちょうどいいの。あいつら馬鹿だし」

悪びれずに言う。たしかに、日本の法律では特定の相手との金銭での繋がりなら買春とは定義されない。しかし、こういったことを恥じることなく語る美優を、薫は異質に感じる。

「まぁ、考え方は人それぞれだからな」

肩をすくめた菅野は紹介を続ける。やはり菅野がこのグループのリーダー的な立場らしい。自然と場を仕切っている。

目が細く、下ぶくれの海原宗助《かいばらそうすけ》。父は半導体メーカーの社長。海原自身は民泊やホテル運営の会社を経営していた。

坊主頭に、バリカンで模様を入れている西多摩利久《にしたまとしひさ》は、中堅ゼネコンの副社長の父を持っており、その伝手を使って建設業界に特化した人材派遣会社を興し、運営している。

金髪で鼻が異様に高い五十嵐祐樹《いがらしゆうき》の父親は大地主らしい。五十嵐はその不動産運用をする会社を経営していた。

「それでこいつの母親は、食品会社の執行役員で、こいつ自身は親の七光りで会社に勤めているだけで、自分ではなにもしない凡人。小物だ」

菅野が、銀髪の三宅昭人《あきと》を指で差しながら言う。

三宅は反論したそうな表情を浮かべていたが、結局なにも口にしなかった。

「お前の親も、どこかのお偉いさんか？」

勝木が菅野に訊ねる。

舌打ちをした菅野は、不敵な笑みを浮かべた。

「俺の親も、まぁ偉い。俺自身は多角経営で掃いて捨てるほど金を持ってる」

その言葉に、嘘はなさそうだった。

薫は自信に満ちあふれた七人を見る。いずれも、金持ちなのだろうなと推測できるし、彼らに共通する不遜な態度も肌で感じ取ることができた。

薫が彼らを最初に見たときに金を持っていそうだなと思ったが、どうやらその第一印象は当たっていたようだ。

「つまり、金持ちの集まりってことか」

勝木の言葉に、菅野は蔑むような笑みを浮かべる。

「そうだよ。あんたらみたいな庶民とは違う。あくせく働いて、慎《つつ》ましく暮らすお前らとは別世界の人間。おれたちは金持ちだ。それで、ジェネレーション・ミーって集まり……」

「おい、無駄話はそれくらいにしておけよ」

西多摩が批難するような口調で菅野の言葉を遮り、自分の坊主頭を撫でる。

「こんな場所でマウント取ってる場合じゃないだろ。そんなことより、この船がなんなのか明らかにするべきだろ」

誰もが疑問に思っているであろうことを口にする。

「とりあえず、船内を探索してみようぜ」

細い目をより細めた海原の提案に反論する者はいなかった。

「そうだな」

立ち上がった菅野は、食事が置かれてあった部屋の奥の扉に向かうが、そこは開かなかった。

仕方なくレセプションエリアへと戻る。先ほどとなにも変わっておらず、人の姿もなかった。

探索を開始する。どうやら、客室へ続く扉しか開かないようだ。案内板を見る限り客室エリアは、どこにも通り抜けることのできない袋小路だ。

「どうします？　エントランスに戻りますか？」

赤川が聞いてくる。エントランスには、まだ調べていない扉も残っているかもしれない。

そこも確認したほうがいいだろうかと考えていると、菅野の声が聞こえてきた。

「まずは客室を見てみようぜ」

言うが早いか、扉を開けて進む。

あまり分散しないほうが賢明だろうと思った薫は、後に続くことにした。この正体不明の船では、なにが起こるのか予測できない。感じの悪い七人と離反するよりも、共闘したほうが得策なのは間違いなかった。

この船が動いているということは、必ず人が乗っているはずだ。今のところ危害を加える意思を感じないが、そもそも人の気配が一切ないので、どういった意図なのかを推測する余地がない。今後、なにが起こるか分からない。用心はするべきだ。

そして、悪意が向けられた場合は、頭数が多い方がいい。反撃するためにも、生き残るためにも。

客室へ続く扉を抜けると、すぐに通路が二手に分かれていた。一方が一般客室へと通じる道。もう一方はスイートの客室があるようだ。

菅野は迷わずスイートの扉を開けた。

薫は一般客室へと続く扉を開けようとするが、びくともしない。ここも溶接されたかのような頑強さだった。

スイートは全部で三十室ほどあるようだ。菅野は勝手に歩き回っているが、それ以外は基本的に固まって行動した。一つずつ、部屋を確認する。内鍵がついており、中から鍵を閉めることが出来た。

探索が終わる。扉が開くのは、ロイヤルスイートの七室だけだった。

その数字に、皆の顔が恐怖で歪んだ。

「さっきの食事も七人分だったよね……これって、私たちが来るのが分かっていたってこと？」

美優は顔を引き攣らせながら、短い髪を神経質そうに手で弄《いじ》っていた。

偶然、七が重なったわけがない。そう考えるのが妥当だろうと薫は思う。

そして、もう一つ。

この船に乗っている何者かは、行けるエリアを作為的に作って誘導している可能性がある。

「……え、どうして使える部屋が七つなの？　食事も七人分だったし……私たちが来るのが分かっていたわけ？」

「そんなの、知るわけねぇだろ！」

パニックを起こしそうになっている美優を怒鳴った菅野は、腹立ち紛れに壁を蹴りつける。

大きな音に身体を震わせた美優は、それでも喋るのを止めなかった。

「で、でもさ、部屋も七つしか使えないし……これって絶対、私たちが来るって知ってたよね？　そうだよね？　どうしてなの？」

その問いに返答する者はいなかった。

「くそがっ！　お前の仕業だろっ！」

突然、激高した菅野が三宅の胸ぐらを摑《つか》み、壁へと追い込む。

「え、な、なんで僕なんだよ。違うに決まってるだろ」

銀髪を振り乱しながら、三宅は首を横に振った。

「青ヶ島に行こうって言ったのは、お前だろ！」

「い、いや、そもそも小笠原に行こうって言ったのは菅野じゃないか」

「それは今回は俺の番だったからだろ！」

「お、小笠原を選んだのは間違いなく菅野……」

「うるせぇ！　別荘が安く売りに出てたから買ったんだよ！　今回のために！」菅野は目を血走らせる。

「それに、この船を見つけたのも、助けを求めようって言ったのもお前だろ！」

そう言い、三宅を再び壁に叩きつける。かなり強く押しているのか、三宅の顔が赤くなっていた。

止めるべきだ。そう思って行動を起こそうとした薫よりも早く、赤川が割って入った。

「まぁ、落ち着いて」二人を引き剝がしつつ続ける。

「ここは冷静に。僕たちは刑事です。菅野さんを暴行の罪で現行犯逮捕してもいいんですよ？」

「……ここでそんなことをしても、意味ねぇだろ」

「そうですけどね。僕、意味のないことをするのが意外と好きなんです」

「くそっ、公僕のデブが」

菅野は悪態を吐いたものの、赤川の真っ直ぐな視線にたじろいだらしく、不承不承といった様子で手を離した。

赤川は満足そうに頷く。

「先ほど菅野さんが、俺の番って言っていましたが、なんですか？　俺の番って？」

問いに答えない菅野の代わりに、首をさすりながら三宅が口を開く。

「……僕たち、順番で遊びに行く場所や遊ぶ内容を決めているんです。基本的には日本国内ですが、海原がプライベートジェットを持っているから、離島とかも余裕で行けるんです」

「持っているのは俺の父親だけどな」

卑屈な笑みを浮かべた海原は、かなり日焼けしており、眉毛が濃い。どちらかと言えば勝木の系統だが、顔が幼いからか、高校球児に見えなくもない。

赤川はおどけたような表情を浮かべる。

「へぇ、すごいですねぇ。それで、小笠原に行こうと言ったのは菅野さんなんですね。それで選んだ理由は、小笠原で別荘を買ったからですね？」

「……ああ、そうだ」

ふて腐れた顔のまま返事をする。

「結果、こういった事態に巻き込まれたわけですねぇ」

柔和な口調だったが、探りを入れているのは明らかだった。赤川は、人当たりが良いので警戒されにくいという特技があった。

赤川は口をすぼめる。

「そうですか。そして、ヨットは夏帆さんのものだと」

「クルーザーです」

夏帆が訂正する。

「あ、そうでしたね。ヨットではなく、高速クルーザーでした。イタリア製のクルーザー」赤川は後頭部に手を当てた。

「そのクルーザーが故障して、救命いかだに乗り換えたと」

「故障したのは、菅野が無茶な操縦をするからで……ったく、ほんと最悪」

不満を口にした夏帆は、菅野を睨む。

「ぐだぐだうるせぇな」

睨み合う二人に、赤川は割って入る。仲裁するのが上手いなと薫は感心する。

「落ち着いて。救命いかだに乗り換えたのは、どうしてですか？　正直、クルーザーのほうが乗り心地いいはずですし、救助を待つにしても、クルーザーのほうがいいと思いますけど」

至極まっとうな意見。たしかに、故障しただけならば、クルーザーで待つほうが安全だろう。しかも、故障時は台風が来ていたはずだ。

坊主頭の西多摩が口を開く。

「エンジンが焼けたのか分からないけど、焦げたような臭いがしてきたんだ……それで、ガソリンに引火したら爆発するんじゃないかって」

「ああ、そういうことですか。それならたしかに、クルーザーに残るのは危険ですねぇ」

赤川はしきりに頷く。くどいくらいに頷く。

「それで、救命いかだで半日漂ってこの船を見つけたのは、三宅さんなんですね」

話を振られた三宅は、おどおどした調子で頷く。

「はい。台風が来て転覆するんじゃないかと心配だったんですが、なんとかなって……半日くらい漂流していたんですが、船が停泊していたのを見つけて、助かったと思いました。ただ、船に乗り込もうと言ったのは僕だけじゃなくて、美優もです。あ、美優のほうが先に言って、僕が賛成したんだったと思います」

「いや、お前が先だ」

菅野の断言に、三宅は泣きそうな顔になった。

「え、でも……じゃあ、ほとんど同時だったような……」

「うるせぇな！」

壁を叩く。その音に、三宅は身体を震わせた。

このままでは仲間割れしてしまうと思いつつ、薫は頭の中で状況を整理する。

別荘を買い、旅行先に小笠原を選んだのは菅野。

クルーザーは夏帆の持ち物。

青ヶ島に行こうと言い、遭難後、この船を見つけたのは三宅。

船に乗り込もうと言ったのは、三宅と美優。

この情報だけでは、誰がこの状況を作り上げたのかは分からない。そもそも、こんな大がかりな舞台を用意した人物がこの七人の中にいるとは到底思えなかったし、その意図も想像できない。七人分の食事に、七室のロイヤルスイート。偶然、七が重なっただけというほうがまだ現実的な気もする。

「俺はこの部屋を使う」

菅野が、一番手前の部屋の扉を拳で叩きながら言う。すると、残りの六人も自分たちの部屋を主張し始めた。皆、自分の居場所を確保するのに躍起になっている様子だった。

薫は、各々の表情を見ながら、ため息を漏らす。

「皆さんいいんですか。ドラマとか映画で得た知識で申しわけないんですけど、こういうのってだいたい、一人になったところを狙われるんですよ」

赤川が、薫の気持ちを代弁した。

薫も便乗する。

「この船の正体も分からない状態で、一人になるのは危険よ。とりあえず、皆で一緒に船内をもう少し探索しましょう。船が動いているってことは、人がいるはずだから」

その人が、良い人間かは未知数だが、それはあえて口に出さなかった。出さなくても、誰もが理解していることだ。

薫の意見に異論を持つ人はいないようだ。

「これが幽霊船だったら、人はいないかもしれないですけどね」

赤川がポツリと呟く。幸い、薫以外にその言葉を聞き取った人はいなかった。薫は誰にも見られないように、赤川の後頭部を叩こうとして、手を止める。

赤川の肩に、カナリアが乗っていた。

「赤川、それ……」

薫はカナリアを指差す。

「あ、なんか懐かれてしまったので、飼うことにしました。僕の相棒です」

カナリアが赤川の頭に移動し、しきりに鳴いている。

一気に疲労を感じた薫は、ツッコミを入れる気も失《う》せてしまった。

スイートの客室を一通り調べた。シーツは新しく、ベッドメイクされている。何者かの手が加えられたのは明らかだった。それも最近。

洗面台からは水が出るし、トイレも使える。なんの変哲もない客室。

使える備品もなさそうなので、手ぶらでエントランスに戻り、皆で探索を開始する。

エントランスは扉が多い。おそらく、各エリアに接続する中心地なのだろうが、開かない扉ばかりだ。視線を下に向ける。床一面、乳白色のタイルカーペットだった。人工大理石であってもおかしくはない豪華さなのに、タイルカーペットは少し意外だった。

いったい、この船はなんなのか。普通なら、パニックになってもいい状況だ。しかし、今のところそういった兆候を見せている者はいない。薫自身、意外にも冷静だった。あまりにも奇妙な状況下に置かれたことで、感覚が麻痺《まひ》しているのだろう。

「あれ？　ここ、さっきは閉まっていたのに、開いてる」

夏帆の声が聞こえてくる。一階の、大きな扉の前に立っていた。

薫は駆け足で夏帆のところへと向かい、扉を確認する。たしかに、開いている。

「本当に閉まってたのか？　お前の勘違いだろ」

菅野が小馬鹿にしたような調子で言う。

「えー、勘違いかなぁ」

首を傾げた夏帆は、自信なさげに呟く。

「行ってみよう」

三宅が声を出すが、反応する人はいなかった。誰もが、先陣を切るのを嫌がっているようだ。

「私が行く」

遅れてやってきた勝木が言い、そのままの歩調で扉を通り抜ける。皆は黙って後に続いた。

廊下の先に、三つの扉があり、すべての扉を開けることができた。それぞれの扉には、部屋の名前が英語で表記されてあった。一つずつ、確認する。

ハリウッドシアタールームは五十人ほどの座席のある映画鑑賞スペースだった。前面にあるスクリーンは綺麗で、比較的新しい設備のように感じる。部屋の中は薄暗く、今にも映画が始まりそうだった。

場所を移動する。

ピアノバーは洒落た雰囲気の空間だった。壁に取り付けられた間接照明は、年代を感じさせる。床には赤いタイルカーペットが敷き詰められていた。グランドピアノが置かれたバーで、カウンターのほか、テーブル席もあった。四人掛けのテーブルが三つ。そのどれもに、白いテーブルクロスがかけられている。汚れのない、綺麗なクロス。ピアノは故障しているのか、音が出なかった。

カウンターの奥に設置されているバックバーには、ウィスキーやバーボンのボトルが並んでいる。すべて開封済で、残量はまちまちだった。バーの奥にはキッチンがあった。料理をするには十分な設備が備わっている。冷蔵庫は空だったものの、棚には食料が入っていた。缶詰ばかりだが、未開封だ。キッチンの奥の壁に埋まったように設置されている一坪ほどの冷凍庫の中も空だが、稼働していて冷えており、冷凍機には霜が付着していた。

菅野の笑い声が聞こえてくる。バーエリアに戻ってみると、菅野が三宅に無理やりバーボンを飲ませていた。

「や、止めろって！」

咽《む》せながら、三宅が顔を振る。酒で服が濡れていた。

「もう、やめなよぉ」

美優はそう言いながら楽しそうに笑っていた。ほかの四人も同様だった。

薫はその様子を見ながら、このグループの力関係を認識した。三宅をイジることが当たり前になっているらしい。

「あ、僕も飲もう」

赤川は、菅野からボトルを奪い取って、ウィスキーグラスに注いで飲み始める。その様子を菅野たちが無言で見つめていた。赤川は相変わらず、頭にカナリアを乗せている。

バーを出た薫は最後の扉を開ける。そこは室内プールだった。

水は入っていない、空のプール。床も、側壁も全面が青く塗られている。どこにでもあるようなもの。

薫は、プールから視線を外す。

こうして何度も扉を開けて気付いたが、扉は開け放しができない仕組みになっていた。しかも、扉は重く、密閉度が高い。扉は必ず閉まるので、いちいち開けるのは面倒だなと感じる。おそらく、浸水してきたときのために、区画をしっかりと仕切る必要があるのだろう。薫は勝手にそう解釈した。

「……ここも、とくに異常はないな」

西多摩が、プールの底を見つめながら言う。

「異常のないことこそが、異常な気がするが」

勝木の言葉に、薫は同意する。

人の姿がない。気配すらない。どうしてだろうか。

プールの奥にある扉を開けると、デッキに出ることができた。

潮風が全身に当たる。

広いデッキに立ち、周囲を確認した。夜空には大きな月と、ちりばめられた星々が浮かんでいる。巨大な煙突は、ここからでは前方の一本しか確認できないが、白い煙を吐き出していた。たしか、煙突は三本あったはずだ。

視線を水平にする。見渡す限りの海。

「どうして、人の姿がないんでしょうねぇ」

赤川が他人事のように呟く。先ほどバーで飲んだアルコールのせいだろうか。顔が赤い。

「……私が知ってると思う？」

「もちろん、知っているとは思いません。あ、ここからならブリッジに行けそうですね」

ブリッジ。操舵室《そうだしつ》。この船が動いているということは、何者かが船を運転しているということだ。

薫は、鼓動が早まるのを意識する。

「操舵室か……もし、この船の乗員に悪意があれば、戦闘になるかもしれませんね」

勝木は真剣な表情で言う。手には、空のボトルが握られていた。武器として使用するつもりなのだろう。

薫は背筋に冷水が伝ったような錯覚を覚える。

この船は客船なので、先ほど赤川が言ったような不法投棄をしている船舶ではないだろう。また、海賊が客船に乗っているというのも聞いたことがない。だが、海賊に乗っ取られた客船という可能性は十分にある。

海賊だったら、武器を持っているかもしれない。この十人で太刀打ちできるとは、到底思えない。

しかし海賊だったとして、どうして姿を現さないのか。

ともかく、このまま留まっていても状況は改善しない。

「行きましょう」

勝木の言葉に、薫は頷く。

操舵室へと続く扉を開けて、階段を上る。上り切ったところに、再び扉があった。

大きく深呼吸した勝木が左手で取っ手を握り、右手のボトルを頭の上に掲げる。

「……開かない」

扉は、びくともしなかった。

「ちょっと僕がやってみるから」

そう言うと、赤川は扉の前に立ち、ノックする。

「すみませーん。開けてくれませんか！」

無反応。

「プリーズ、ドア、オープン！」

声を張るが、結果は同じだった。

「ちょっとどけデブ」

苛立った様子の菅野が、扉を蹴り始める。

「おい！　開けろよクソがっ！」

悪態を吐きつつ蹴り続けるが、徒労に終わった。

薫は、閉ざされた扉に耳を当てる。

向こう側で人が動いている様子はない。人が、いない。そんなはずはないのに、無人のような気がした。

――幽霊船。

嫌な言葉が頭に浮かんだ薫は、首を振ってその考えを振り払う。

「とりあえず、戻りましょう」

緊張の糸が解《ほど》けたのか、勝木は疲れた表情を浮かべて言った。

エントランスに戻る。先ほどと、なにも変わっていない空間。

皆、好きな場所に腰掛けた。

薫の隣に座った赤川が、長嘆息する。

「……いったい、どうするつもりなんでしょうね」

「つーか、誰なんだよいったい！」

菅野が吠《ほ》える。広い空間なので、声がよく響いた。

船が動いているということは、操舵室に人がいるということだ。その人間は、沈黙を続けている。姿を現そうともしない。その意図は、なんなのか。

「あのさ、もしかしたら、私たちに危害を加えるつもりはないんじゃない？」

美優の、やけに明るい声。ショートカットの髪を神経質そうにいじっているところを見ると、自分自身に言い聞かせて安心したいのだろう。

「今のところはそうだろうけど」三宅が言う。

「目的地に着いたらどうなるか……」

「目的地ってなんだよ！」

菅野の鋭い声に、三宅が身体を震わせる。

「そ、そんなの僕が知るはず……」

「でも今、目的地って言っただろうが！」

殴りかからんばかりの勢い。

完全な八つ当たりだなと思いつつ、薫は立ち上がった。

「ルールを決めましょう。この船にいる人物の正体が判明しない以上、命を狙われていると考えたほうがいいと思う」

皆が不安そうな面持ちになるが、構わず続ける。

「なるべく、単独行動は控えて、誰かと一緒に行動する。不満のある人は？」

周囲を見渡す。反論はないと思っていると、菅野が立ち上がって歩き始めた。

「勝手に仕切るな。俺は部屋に行く」

「だから、それは危ないって……」

「うるせぇ！　疲れてんだよ！　ずっと狭い救命いかだにいたんだぞ。少し寝させろよ！」

目を血走らせた菅野は、肩を怒らせながら歩き出した。

「……僕も、部屋に行くよ」

西多摩は言うと、賛同する者が続々と現われ、結局残ったのは薫と赤川、そして勝木だけになった。

一人一部屋使っているのなら、扉が開くスイートルームはすべて埋まったことになる。

「台風の中、救命いかだで半日も漂流していましたからね。疲れているんですよ」

理解を示す赤川を無視して、薫はこめかみを揉んだ。人が分散すれば、こちらも反撃しにくくなる。相手が何者か分からない以上、まとまって行動するのが得策だ。

「心配なのは分かりますが、一度様子を見ましょう。単独行動をすれば、なにかしらの動きがあるかもしれません」

勝木が言う。そのとおりなのだが、その動きが、取り返しのつかない事態にならないだろうかという不安はあった。

「とりあえず、お腹空きませんか？」

赤川が呑気なことを言う。その瞬間、薫の腹が鳴った。

「お腹、空きません？」

同じことを繰り返した赤川は、満面の笑みを浮かべた。

薫たちは、ピアノバーのカウンターの奥にある厨房《ちゅうぼう》に向かった。

大きな空間。ほかの設備と同様に古かったが、使用はできそうだった。ガスコンロも、火が点《つ》く。

棚にある缶詰を確認する。ラベルに英語が書かれている。日本製ではない。豆缶が多かったが、魚介や肉の缶詰も少しあった。キッチンの引き出しには、包丁やナイフが数本と、缶切りがあった。勝木は、ナイフを一本手に取る。

「不測の事態に対応するために、携帯しておきます」

そう言い、履いていた靴下を脱いで、鞘《さや》に見立ててナイフを入れ、ズボンに忍ばせた。そんな方法でナイフを安全に持ち歩けるのかと感心しつつ、不測の事態が起きないことを薫は願う。

「お、缶詰なら安心ですね」

早速缶切りを使って豆缶を開けた赤川は、スプーンを使って頬張り始める。薫は、缶詰に細工がないかを確かめてから、開けて豆を口に含んだ。臭いも味も問題ない。塩気があって美味しかった。

棚の下段には、水のペットボトルも置いてあった。十人で分けて三日はもつだろう。赤川がコップに注いで飲んでいる。少し観察したが、毒は入っていないようだった。少なくとも、即効性の毒は入っていない。

ケチャップやソースといった調味料も置いてあったが、必要性は薄そうだ。

「あの、僕もご一緒していいですか」

背後からの声に振り返ると、そこには三宅が立っていた。自嘲気味の笑みを浮かべて、どこか所在なげだ。

「お、いいですよ。一緒に食べましょう」

口に豆を一杯に含んだ赤川が言う。

猫背の三宅が近づいてきて、豆缶を手に取る。

「なんかすみません。あいつ、いつも喧嘩腰なんです」

三宅が困り顔で言う。

あいつとは、菅野のことを指しているのだろう。

「こういう状況だから、ピリピリしているんでしょう」

薫は菅野の肩を持つつもりはなく、何の気なしに言う。すると三宅は、とんでもないといった調子で首を横に振った。

「あいつは異常者ですよ。嗜虐性《しぎゃくせい》の塊です。さっきも急に僕の二の腕を殴ってきたんです。ほら、見てください」

半袖のポロシャツの腕をまくる。肩のあたりに青い痣《あざ》ができていた。

「ずっとこんな感じなんです。たしかに僕は親の会社に就職しているだけですけど、あいつなんか、怪しいことばかりに手を出しているんです。キャバクラとかガールズバーを経営していて羽振りはいいですけど、俗に言う、半グレみたいな感じです。ヤクザの知り合いも多いんです」

「半グレって、なにか違法行為をしているの？」

菅野の雰囲気を見て、さもありなんと薫は思った。これまで聞いた話を照らし合わせると、彼らの中では菅野は異質な存在のようだ。

薫の問いに、三宅は顔をしかめる。臭いものを嗅がされたような表情。

「絶対にやってますよ。そもそも、ほかのやつだって、親が金持ちだから会社を作ったりできてて、親の力があるから上手く会社を運営できるだけなんですよ。親が金持ちだったり地位が高かったりすると、人生がイージーモードですからね……あいつら、いっつも僕を見下しやがって……たしかに、僕の親の会社は小さいけど、手堅くやっているんだよ」

親指の爪を噛みながら、ぐちぐちと言葉を連ねる。

「親の会社は関係ないだろ」

勝木の指摘に、三宅は首を激しく横に振った。

「いやいや、そんなことないです。家柄って重要ですよ。あなたたちは分からないと思いますけど、僕たちみたいな階級にいると、家柄とか資産が人の価値を左右することになるんです」

さらりと差別発言をしていたが、本人に悪びれた様子は一切ない。そういった考えが、純粋に染みついているのだろうと薫は思う。

三宅の母親は食品会社の執行役員だった。だから正確には、三宅の言う〝親の会社〟ではない。普通の人から見れば金持ちの部類だろうが、ほかのメンバーの親は社長や専務と言っていたから、執行役員はやや見劣りする。三宅がイジられる理由は、そういったことも関係しているのだろうか。

「ともかく、いつも僕を叩いたりするんですよ。マジで最悪です」

経験に基づいた愚痴を連ね始める。

見たとおり、菅野は三宅をイジる側のようだ。

「クルーザーが壊れたのだって……ほんと迷惑ばかりかけやがって、あいつ。本当に嫌な奴なんです」

「それなら、会うのを止めればいいじゃないか。子供じゃないんだし、離れるのは自由だろ」

勝木のもっともな言葉に、三宅は口ごもる。

「いや、それは……ずっと遊んできたので」

遊ぶ。金持ちは金持ちとつるむということか。

「でも親が偉いと、子供は困らない？」赤川がするりと会話に参加してくる。

「いつでも自分が正義だって雰囲気を出してくるし。本当に、嫌気が差すときがあるんだよねぇ」

赤川が同調するような言葉を発する。

三宅は瞬《まばた》きしながら頷く。

「いや、まぁ……うちの親はいつも偉そうにしてますけど……えっと、赤川さんの親も、僕らと同じ感じですか？」

「え？　うーん、同じかどうかは分からないけど……」

首を傾げた赤川は言葉を濁す。

「こいつの親は、赤川商事の社長だ」

代わりに、勝木が口にする。

「……え、赤川商事って、静岡の？」

三宅は、口をあんぐりと開けた。

「そうだ。石油製品や電力の仕入れ販売をしている会社だ。グループ会社も多く擁している。知っているのか？」

「は、はい……もちろん……」

「親が偉大だからって威張らないやつもいるんだ。見習ったほうがいいぞ」

勝木の言葉に、三宅は顔を赤くした。

「えっと、それなら……どうして赤川商事を継がずに、刑事なんてやっているんですか？」

「刑事、結構面白いよ」

赤川は真顔で返答している。

赤川商事という会社名を聞いたことのなかった薫だったが、三宅の反応を見ると有名な会社なのだろう。

そのとき、女性の悲鳴が聞こえた。近い。

薫は包丁を手に取り、駆け出す。赤川と勝木も後に続いた。

ピアノバーを出て、プールへと続く扉を開ける。しかし、無人だった。

「あっちかもしれません」

赤川が指差す。

もう一方のハリウッドシアタールームに行き、扉を開けた。薄暗い部屋の中央付近の床に、夏帆が尻餅をついていた。

「大丈夫か！」

　すかさず駆けつけた勝木が声をかけ、背中を支える。夏帆の顔はまるで石膏《せっこう》で作ったように色がない。

「あ、あ……」

　唇を震わせて、声にならない声を出す。視線は、前方のスクリーンに向けられている。なにも映っていない、白いスクリーン。

「どうしたの？」

　その問いに、夏帆はようやく薫を見た。

「あ、あの……」

　言いよどみ、再び口を開く。

「さ、最初は部屋にこもっていたんですけど、なんか落ち着かなかったのでエントランスに戻ろうと思ったんです」

　そこで、大きな息継ぎをする。

「……でも、誰もいなかったので探しに行こうと思って、この部屋に入ったんです。それで、ちょっとした好奇心で映画とかないかなと思っていたら、急にスクリーンに映像が映し出されて……」

「映像？」薫は眉間に皺を作る。

「どんな映像だったの？」

「……それは良く分かりませんが、なにかの映画だと思います。白黒だったかも……それで、よく見ると、スクリーンの前に人が立っていたんです。最初、誰かの悪戯《いたずら》だと思ったんですが、青いドレスを着ている女性が立っていて……」

そこまで言った夏帆は、自分の肩を抱いて震えだした。

「誰かいたの？　どこに行ったの？」

薫は警戒心を強めつつ周囲を見渡す。

「……えっと、スクリーンの横に消えていきました」

スクリーンの横。先ほど、このハリウッドシアタールームの出入り口は一つしかないことを確認していた。

赤川と勝木と視線を合わせてから、手分けして確認する。しかし、誰もいなかった。つまり、消えたということだ。

「どういうことでしょうねぇ……」

首を傾げながら、赤川が言う。

「本当に見たの？」

薫の言葉に、夏帆がしがみついてくる。

「ほ、本当にいました！　嘘じゃないんです！」

必死の形相。

「でも、消えるなんて無理でしょ」

赤川が言う。たしかに、人が消えるなんて考えられない。壁に手を当てながら移動し、隠し通路がないかも確認したが、それらしいものは見当たらなかった。

「いや、本当に消えたのかも。コトパクシ号という名前や、メアリー・セレスト号のような朝食が用意されているのを考慮すると、青いドレスの女性が幽霊だったとしても驚かないですね」

冗談っぽく言う勝木の言葉に、薫は寒気を覚えた。

「青いドレス……」今まで黙っていた三宅が呟く。

「……みんなを呼んでくる」

その顔は、緊張で引き攣っていた。

三宅が五人を連れてやってきて、七人全員で話し合っている。真剣な目つき、戦《おのの》いた顔、憤怒の表情。いろいろな反応を示しているが、聞かれないように意識しているのか、会話の内容は分からなかった。

蚊帳《かや》の外に置かれた薫たちは、いったいどういうことかと顔を見合わせる。

先ほど三宅が、青いドレスと呟いていた。そこに、なにか意味があるのだろうか。

「そんなわけねぇだろ!」

菅野が突然吠えたので、薫は身体を震わせた。

「あいつは死んだんだ! お前の見間違いだろ!」

——死んだ?

思いがけない言葉を聞いた薫の思考が刑事モードになる。

「で、でも青いドレスを着た女性を本当に見たんだけど……」

「うるせぇ! たとえ人がいたとしても、あいつなわけねぇ! 青いドレスを着ていたからって、あいつとは関係ないに決まってるだろ!」

菅野の声がどんどん大きくなっていく。怒りに身を任せているというよりも、恐怖を振り払おうとしているかのようにも見える。

——あいつ。

いったい誰のことを言っているのだろうか。

大股で歩く菅野は、八つ当たりするように椅子を蹴っていた。

「そもそも、本当に人の姿を見たの?」

微かに声を震わせながら美優が聞く。夏帆は頷いた。

「嘘じゃない。本当にいたの。あそこに映像も流れていたし……」

スクリーンを指す。その指が震えていた。

「さっき部屋の後ろのコントロール室に行ったけど、このスクリーンに映像を映す機材はなかったよ」

赤川が指摘する。夏帆は下唇を嚙んで泣きそうになっていた。

「なんだよ。やっぱり嘘かよ」

勝ち誇ったように菅野が言う。ほかの皆も同調しているようだ。よほど、青いドレスを着た女性がいたという事実から目を背けたいらしい。

青いドレスを着た女性が本当にいたかどうかは分からないが、このグループには後ろめたいことがあるのだなと薫は推測する。

「あのさ、やっぱりこの船って、普通じゃないよな」

西多摩が躊躇いながら言う。

「はぁ？　この船が普通なわけがねぇだろ。どこに普通の要素があるんだよ」

「まぁ、そうなんだけど」

菅野の言葉に、西多摩は肩をすくめる。

三宅ほど、西多摩は菅野を怖がっていないようだ。

「僕が言いたいのは、目的地がどこか分からないけど、不審船だったら、誰かが見つけてくれるんじゃないかって思ったんだよ。ほら、海上保安庁の巡視船とかが通ったりするんじゃないかな。そのときに助けを求めれば、救助してくれるかも」

「それは望み薄だな」

腕を組んだ勝木が渋い顔をする。

「でも、今は航空機とかで監視だって……」

「いや、それもない」断言する。

「さっき、コンパスで船がどの方向に向かっているか確かめてみた。バーに置いてあったものだ」

たしかに、ピアノバーには六分儀やコンパスが飾られてあった。それで確認したのだろう。

「この船の針路は、北だ。鳥島から北に向かうと、須美寿島《すみすじま》という無人島がある。問題はその先にある明神礁《みょうじんしょう》という海底火山だ」

「火山……」

赤川の呟きに、勝木は頷く。

「そう、火山だ。ベヨネース列岩の一部で、数年おきに噴火を繰り返しているんだ。一九五二年には調査中の海上保安庁の測量船が噴火に巻き込まれて全員死亡している。現在も大規模な海中噴火が発生していて、航行注意区域となっている。禁止ではないから、飛行機が上空を通過する可能性はあるが、普通の旅客機ならこの船を素通りしてしまうだろう。海上保安庁の航空機などが偶然通ればいいが……ただ、そもそもこの船が不審船じゃなければ、たとえ海上保安庁の航空機でも注意を払わない」

「いや、どう見たって不審船ですよ」

三宅の言葉に、皆は同意する。

ただ、勝木は懐疑的だった。

「この船を動かしているのがどこの誰かは知らないが、正式な許可を取って航行している海賊って可能性も捨てきれない。表向きは合法でも、裏では非合法な活動をしている船っていうことも考えられる」

薫は八丈島警察署で聞いた、不法投棄の船のことを思い浮かべる。あれも、手続きを踏んだ上で船を運航し、不法投棄をしているのだろう。

「それに、これは客船だ。海賊ではないかもしれないが、なにかしらの目的があって航行していると考えるのが妥当だろう。さっきも言ったように、この船が正式な許可を取っていれば、たとえ海上保安庁の航空機が通っても素通りしてしまう」

「で、でも……」

反論しようとした西多摩だったが、言葉が続かなかった。

勝木の言っていることが本当なら、偶然発見されて救助される見込みは薄そうだ。

「それともう一つ、ネガティブな話になってしまうが」勝木は続ける。

「実は、この一帯は、魔の海と呼ばれているエリアなんだ」

「……魔の海？　バミューダトライアングルみたいなこと」

赤川が疑問を口にする。

「バミューダトライアングルは、フロリダの先端と、大西洋のプエルトリコ、バミューダ諸島を結んだ三角形の海域だ。魔の海っていうのは、日本の本州から二百五十マイル南の東経百四十度あたりの菱形《ひしがた》の海域のことをいう。このエリアでも、飛行機や船舶がたびたび消失している。最近ではないが、一九八七年にクイーン・ジェーン号がフィリピンから中国の大連《だいれん》への航海中に行方不明になっている」続きを喋るのを躊躇するように一度止めてから、再び喋り始める。

「……非科学的なのは重々承知しているが、この船は、コトパクシ号という船名を冠し、メアリー・セレスト号を思わせる朝食も用意されていた。今航行している最中の魔の海と、なにか関係があるかもしれない」

勝木が話し終えると、沈黙が部屋を覆った。

皆、勝木の言葉を吟味しているようでもあったし、思考停止しているようにも見えた。

この船は、本当に幽霊船なのかもしれない。一蹴すべき可能性を薫は信じ始めていた。

「……くだらねぇオカルトだな」

最初に口を開いたのは案の定、菅野だった。

「そんなこと信じんなよ。行方不明になった船なんて、どうせ台風とか暴風雨とかで沈んだってだけだろ」

「たしかに、そうだろうな。その証拠に技術が発展した現在では不明船は出ていない。ただ、状況があまりにも……」

結局、現状を打開する手立ては見つからないままだった。しばらく休憩しようということになり、薫と赤川と勝木、そして三宅と夏帆はエントランスに留まり、ほかの者は客室で休むことになった。

やがて、夜が明けた。

プールの扉を抜けて、デッキに出る。

朝なのは間違いないが、どんよりとした厚い雲が空を覆っていた。

「……やっぱり、明神礁の方向に向かっているな」

コンパスを凝視しながら、勝木が呟いた。

2

厨房で食料を探していた五十嵐は舌打ちをする。

「ろくなものがないな……」

食べられそうなものは、豆缶と、スイートコーンの缶詰だけだった。

缶切りを探しながら、再び舌打ちをした。

どうしてこんなことになったのか。

理解の及ばない状況に置かれ、苛立ちが募った。

「ったく、夏帆の奴」

よほど、高級クルーザーを買ったことを自慢したかったらしいが、それが故障してこんな目に遭ってしまった。

中古で一億円もするクルーザーが聞いて呆《あき》れる。

夏帆の経営する会社はずいぶんと羽振りがいいようだ。だが、羨ましいとは思わなかった。五十嵐は親の持っている土地を転がして金を生み出し、新たに土地を仕入れては同じことをしている。労働とはほど遠い作業で、金が入ってくる。労働は貧乏人のすることだというのが、五十嵐の持論だった。その点、夏帆は忙しく働いている。そうなりたいとは一切思わなかった。

五十嵐は生まれたときから裕福だった。不自由のない暮らし。周囲からは金持ちの家に生まれたというだけで羨ましがられ、親の部下からは敬語で声をかけられた。困難というものからは無縁の人生。

大学卒業後は、親の口利きで大手企業に難なく入ることができた。しかし、周囲の奴らが馬鹿ばかりで辟易《へきえき》し、半年で会社を辞めて親の会社に籍を置いた。社長の息子を疎む奴はいない。会社では好き勝手できるので楽しかった。そして土地を転がすだけの会社を作り、そこの社長になった。

順風満帆な人生。世の中のサラリーマンを見下し、貧乏人を馬鹿にして楽しむ。

人の上に立つ人生は、とても楽しい。

ジェネレーション・ミーのメンバーは、全員金持ちだ。しかし、まったく同じ資産を保有しているわけではない。メンバー内でも多少の格差はあったし、五十嵐は最上位に位置していると思っていた。

居心地が良い。

「くそっ！　缶切りどこだよ！」

悪態を吐く。

クルーザーの故障は想定外の出来事だったのは理解できるが、夏帆のせいだという気持ちを拭えなかった。

足でキッチンのキャビネットを蹴る。

怒りが湧いてくる。

先ほどの話が、苛立ちに拍車をかけた。

夏帆が、青いドレスの女性を見たという。それはいい。問題は、そのドレスを着た女性の顔が、桐岡佳菜子《きりおかかなこ》に似ていたということだ。

——桐岡佳菜子。

思い出したくない名前だ。

あれは、いつもの遊びだった。それなのにあの女が勝手なことをするから台無しになってしまったのだ。結局、楽しむこともできなかったし、胸くそ悪い感覚だけが残った。

こっちは被害者なんだよ。

「くそっ！」

苛立ちに顔をしかめ、缶詰を壁に投げつけた。

ほかの皆はデッキに出ており、ここには一人きりだった。缶切りを誰かが持って行ったのだろうか。仕方なく、未開封のペットボトルを手に取った。外国製のミネラルウォーターだ。期限は分からなかったが、細工はされていないようだ。

封を切り、一口飲んだところで異様な喉の渇きを覚え、一気に半分ほど飲んだ。

ペットボトルを台に置き、目頭を揉む。

この状況はいったいなんなのか。理解に苦しむ。

なんで、誰もいないのだ。船が動いているから、誰かしらは絶対にいるはずなのだ。それなのに、姿を現さない。なにが目的だ。

ここが本当に幽霊船なら、桐岡佳菜子が出てきてもおかしくはない。でも、そんなことはあり得ない。絶対に、あり得ない。

「ぞっとしないな……」

そう呟いたとき、視界の端でなにかが動いた気がして、身体を硬直させる。青いもの。青いドレスだった気がする。

——桐岡佳菜子。

悪寒がする。

「だ、誰かいるのか」

口に出した途端、目眩《めまい》と吐き気に襲われた。

「な、なんだよこれ……」

立ち上がろうとするが、足に力が入らず、平衡感覚を失っていた。どうして。先ほどの水が悪かったのか。いや、そんなことはない。現に、ほかの人もペットボトルの水を飲んだ形跡がある。

それならば、どうしてこんな急激に吐き気を催すのだ。

視界が歪む。自分が立っているという感覚が失われている。足に力が入らなくなっていく。

床に伏せそうになるのを必死に堪えていると、身体になにかをかけられる。身体が動かない。やっとの思いで、顔を上げる。

目の前に、人が立っていた。

青いドレスを着た人物——その顔が……。
口を開いた次の瞬間、身体が燃え上がった。

第二章

1

潮風に煽《あお》られ、身体がよろめく。

船はぐんぐんと進んでいった。とても早い速度に感じる。まるで目的地に向かって急《せ》いているように感じる。

デッキに立っている薫は、勝木の横顔を見る。

「あの、この船が明神礁に向かっているとして、本当に辿り着いたらどうなるんですか」

コンパスから視線を外した勝木は、薫を一瞥した後、天候を占うような目つきで天を睨んだ。

「今も航行注意区域になっていることを考えると、海中噴火が起きているのは間違いないですね。その噴火に巻き込まれたら、この船もただではすまないでしょう。沈む可能性が高いです」

沈む。

しかも、海中噴火をしているエリアの真上で。

到底助からないだろうなと考えつつ、実感が湧かないなとも思う。

「このままだと、どのくらいで到着するんですか」

その問いに、勝木は片膝をついてデッキの上に指を走らせる。

「八丈島と明神礁、そして鳥島の場所はこんな感じです」

指を三度デッキに置く。八丈島と鳥島に挟まれる形で、明神礁が存在しているようだ。

直線で結ぶことのできる位置関係だった。

「鳥島と明神礁は、それほど離れていません。この船がどのくらいの早さで進んでいるか分かりませんので正確な算出はできませんが、東京の竹芝《たけしば》から伊豆《いず》大島まで約八時間です。たしか、距離は百キロメートルほどだったと思います。鳥島から明神礁までの距離は分かりませんが、二百キロは離れていないはずです。ただ、それほど早い速度ではないので、一日くらいはかかると思います」

一日。

この船に乗り込んだのが夜中で、今は夜が明けている。つまり、明日の朝方には明神礁に到着し、最悪の場合、沈むということか。

この船の乗員が敵対行動を取ると仮定した場合、相手からの攻撃を防いでいれば、誰かの通報によって発見され、助けが来るかもしれないという甘い考えを抱いていた。だが、猶予が一日では期待薄だ。

それにしても、客船というのはこれでも遅いスピードなのかと薫は思う。

船首の方向を一度見てから、目を転じる。操舵室のガラスの向こう側に、船を運転している人間がいるはずだ。

何者なのか。

いったい、なにを考えているのか。

「そろそろ戻りましょうよ。潮風で肌がべとべとですよ」

赤川が不満そうに述べる。

薫も同感だった。

プールへと続く扉付近で、夏帆と菅野が面と向かって話していた。

「お前さ、この状況でそんなことに気を遣っている場合か?」

小馬鹿にするような調子で菅野が言う。

「別にいいじゃん」

「いや、でも化粧直してどうすんだよ」

笑い声を上げる。

どうやら、菅野は夏帆が化粧を直していることを茶化しているらしい。

たしかに化粧が濃くなっているなと薫は思う。

初めて会ったときから化粧をしていたが、どうやらそれを直したようだ。ファンデーションも綺麗に塗っている。手には、相変わらず化粧ポーチらしきものを持っていた。

「なんだよ。女っていっても、美優しかいねぇじゃねぇか。お前、美優のこと狙ってるのか？　あ、もしかして、このおばさんが好みだとか？」

そう言った菅野は、薫を指差した。

呆れた顔で舌打ちした夏帆は、船首のほうへと歩いて行ってしまった。

夏帆を追おうと歩き出した菅野の前に立ちはだかった薫は進路を妨害し、睨みつけた。

その行動に、菅野は肩をすくめた。

「眉間に皺が寄るぞ、おばさん」

そう言い残し、立ち去っていく。この異常事態が収束したら、別件逮捕でもなんでもしてやろうと心に誓う。

「まぁまぁ、落ち着いてください」

赤川が宥《なだ》めるような声を出したが、無視した。

デッキを後にし、プールエリアを抜けて、廊下に至る。

そのとき、妙な臭いがした。

なにかが焦げたような――。

「ん？　なんか燃えてますか？」

赤川は、鼻をひくつかせながら言う。

この臭い。一度だけ、事件現場で嗅いだことがある、忘れがたいもの。

嫌な予感がした薫はピアノバーに行き、奥のキッチンへ進む。

間違いない。人が焼ける臭いだ。

キッチンの中央部分を見ると、人が燃えていた。火だるまといっていい状態。地面に伏せていたが、まだ少しだけ動いている。

「水！」

薫の叫び声に呼応した赤川と勝木と共にペットボトルの水をかけるが、火は弱まらなかった。この燃え方は異常だ。ガソリンかなにかによるものだろう。

「え、どうしたの？」

キッチンの入り口付近から声が聞こえてくる。夏帆だった。背後には、菅野や西多摩の姿もあった。皆、状況が分からず目を見開いたまま硬直している。

薫はキッチンから出て、バーのテーブルに敷かれているテーブルクロスを取って戻り、燃えている人間を覆う。その上から水をかける。

ようやく、火が消えた。

勝木がテーブルクロスをめくる。すでに死んでいるのは明らかだった。

服はほとんど燃えており、皮膚も焦げて焼けただれていたが、誰だかは認識することができた。

「……え、五十嵐なの？」

遠巻きに様子を窺っていた美優が呟き、その声が悲鳴に変わる。

菅野が近づいてきて、しかめっ面をしながら遺体を凝視した。

「五十嵐だ……どうしてこんな……」

「コンロの火が移ったとか……」

入り口付近から三宅が言う。

周囲を見渡す。コンロの場所は離れており、使われた形跡はない。薫には着衣引火でこんな惨事になるだろうかという疑問もあった。

それに、この臭い。

「やっぱり、ガソリンの臭いがする」

人肉が焦げる臭いに混じっているが、間違いない。

周囲にガソリンを使用するような設備はない。

何者かが五十嵐にガソリンをかけて、火をつけたということだ。

この船を動かしている、謎の人物によるものだろうか。

「ねぇ、これ、なに？」

声のするほうに顔を向ける。夏帆が、床を指差していた。その先に、一枚のカードが落ちている。トランプくらいの大きさだった。

〝3％〟

カードに書かれた数字は、マジックで急いで書いたような筆致だった。

「……3％って、なんだよ？」

菅野が吐き捨てるように言う。

薫はカードを見つめる。食料を探していたときにはなかったはずだ。つまり、デッキに出ている間に、何者かが置いた可能性がある。その人物が五十嵐に火をつけたのだろう。普通だったら現場を保存しなければならないが、この状況下で悠長なことは言っていられない。

手掛かりになりそうなものは確認する必要がある。

薫はカードを手に取る。裏は白紙だった。しっかりとした厚紙。それ以外に、情報はない。

〝3％〟

意味不明だ。

しかし、これが船を動かしている人物からの、初めての意思表示。五十嵐の焼死体も同様だ。想定していた中で最悪の意思表示であり、相手は我々に危害を加えるということだ。

「なにか分かったんですか？」

夏帆に聞かれた薫は、首を横に振った。だがなにかしらの意味があるはずだ。

美優のすすり泣く声がキッチンに響く。勝木がテーブルクロスを五十嵐の遺体にかけたが、肉が焦げる臭いは弱まらなかった。

「一度、戻りましょう」

この場に居続けるのは精神衛生上良くないと判断した薫の一声で、皆で移動することにした。

「……あの、別に脅すつもりはないんだけど」

エントランスに到着したところで、思い詰めた表情のまま三宅が口を開いた。

「さっきの五十嵐を見て、フィラデルフィア計画っていうのを思い出した。そこで人体発火が起きたって……」

視線を落とした三宅は、語尾を萎ませる。

――フィラデルフィア計画？

初めて聞いた言葉だと薫は思う。

「なんだよそれ」

「えっ……えっと」

「早く言えよ」

菅野が睨めつけながら迫る。

「え、えっと」怯えつつ、三宅が続ける。

「く、詳しくは分からないんだけど、アメリカ海軍がした船の実験で、そのときに船で人体発火が起きたとか……」

声がどんどん小さくなっていった。

「はっきり喋れよ！」

菅野の恫喝するような調子に、三宅は完全に震え上がって萎縮してしまった。

「おい、あまり怒鳴るな」

勝木が菅野の肩を摑んで制止する。

二人は睨み合う。菅野は喧嘩になっても問題ないと考えているらしく、挑むような表情を浮かべていた。かなり攻撃的な性格なのだなと薫は思う。

「……フィラデルフィア計画なら、俺も知っている」

先に視線を逸らした勝木が説明を始めた。

「第二次世界大戦中にアメリカ海軍がおこなった実験で、簡単に言えば、テスラコイルと呼ばれる高電圧高周波振動電流発生器を使って、船体がレーダーに映らないようにできるかどうかの確認をしたんだ。実験は、エルドリッジ号という船で実施されたんだが、メインスイッチを入れた瞬間、テスラコイルから異様な光が出て、船が忽然《こつぜん》と姿を消したんだ」

「……嘘くせぇ」

菅野が吐き捨てるように言うが、表情に余裕はなかった。

「アメリカ海軍はそんな実験はなかったと正式に回答している。ただ、これは極秘実験だったとされているし、レーダーに映らないようにする消磁実験をやっていた事実や、エルドリッジ号での実験の密告もあった」勝木は続ける。

「ペンシルベニア州フィラデルフィアの海上から姿を消した船は、二千五百キロメートル離れたノーフォークまで瞬間移動し、それから数分後、再びフィラデルフィアに戻ったらしいんだ。船の外観に変化はなかったんだが、乗員たちに異常が発生していた。その一つが、人体発火だ。ほかにも……」

言《い》い淀《よど》むと、菅野が舌打ちする。

「ほかにもって、なんだよ。ここまで言ったんだから、最後まで教えろよ」

勝木は、強《こわ》ばった顔で口を開く。

「……人体発火のほかに、突然凍りついたり、壁の中に吸い込まれたり、デッキに身体が溶け込んだりしていたらしい」

エントランスを沈黙が包み込む。

薫は立ちくらみがしてきたので、階段の手摺りを摑む。

五十嵐が焼死した。フィラデルフィア計画でいうところの人体発火だ。もし、五十嵐がフィラデルフィア計画になぞらえて殺されたとしたら、次の犠牲者が出た場合も勝木が言ったような死に方をするのだろうか。

「この客船の船体に書かれたコトパクシ号はバミューダトライアングルで消息を絶った船の名前で、船内に朝食が用意されていたり、カナリアがいるのは船員が忽然と姿を消したメアリー・セレスト号の状況と符合する。そして、今回のフィラデルフィア計画と酷似した焼死体の一件も、もしかしたら関係があるかもしれない。今、我々がいるのは魔の海と呼ばれるエリアで、今回のことを画策した人物による作為的なものを……」

「こんなこと、誰がやってるっていうんだよ！」勝木の言葉を遮った菅野が鋭い口調で言う。

「フィラデルフィアだかなんだか知らねぇけど、だいの大人がなに馬鹿なことほざいてんだよ！　そんなの、信じられるわけねぇだろうが！」

同意を求めるように周囲を見渡すが、誰も視線を合わせようとはしなかった。皆、下を向いたり沈鬱な表情を浮かべている。

自分が殺されるかもしれない。

ようやく、その危機感を実感したようだった。そして、対処法が分からず、戸惑いを隠しきれない。

「……私、部屋に戻る」

夏帆が重い表情で言った。

「一人になるのは危険ですよ」

赤川の言葉に、夏帆は責めるような視線を向ける。

「ここにいたって同じじゃないですか？　相手が誰かも分からないし、この中に協力者がいるかもしれないじゃない。個室に一人でいたほうが安全かもしれない」

たしかに、その可能性もある。ここにいる誰かが、犯人と繋がっていてもおかしくない状況だ。

「わ、私も戻る……」

美優も、夏帆の後に続く。結局今回も、エントランスに残ったのは薫と赤川と勝木の三人だけだった。

薫は、花のない花壇に腰掛ける。疲労からか、軽い目眩を覚えた。

「さて、どうしましょうかねぇ」場の雰囲気に相応しくない、砕けた調子で赤川が言った。

「先ほどの夏帆さんのように籠城《ろうじょう》戦略をとったところで、船は海中噴火しているエリアに突っ込むルートです。それって、座して死を待つようなものですよねぇ」

唸った薫は、ふと、疑問を覚えた。

「……もし、この船が明神礁に近づいているとして、そこが最終目的地だった場合、船を運転している人も死ぬつもりなのかな……」

「たしかに……もしかしたら、脱出する方法を用意しているのかもしれませんね」赤川は頷き、続ける。「デッキから確認したんですけど、救命ボートなどはありませんでした。でも、どこかに確保しているのかもしれません。それを使うことができれば脱出できるかもしれませんね」

「あのさ、どうしてわざわざ船を沈める必要があるの？」

薫の問いに、赤川は首をすくめる。

「さっぱりです。そもそも、目的が分からないので、なんとも言えませんね。ただ、早急にそれを明らかにしなければ、僕たちは船と一緒に沈む恐れがあるということは事実です。けっこうヤバい状況ですねぇ」

赤川の言うとおりだ。

死が目の前に迫っているのならば、行動しなければならない。行動している限り、希望はある。これは、刑事になったときから自分に言い聞かせてきたことだ。動かなければ、なにも起きない。動く限り、なにかを摑める確率は増える。

「監視カメラとかで、こっちの様子を窺っているんでしょうかね」

がらんとしたエントランスを見回しながら勝木が言う。天井が高い上、広い空間だ。隠しカメラが仕込まれていても分からない。ただ、見られているという前提で行動するべきだろう。

「閉まっている扉をなんとかこじ開けてみましょう。こちらに危害を加えられるということは、どこかに抜け道があるはずです。その抜け道を辿っていけば、この船を動かしている奴の正体が分かります。相手からの攻撃をただ待っているのは悪手です。僕たちが動きましょう。攻撃は最大の防御とも言いますからね」

まくし立てるように言った赤川は、なぜか得意気な表情を浮かべていた。

攻撃をするのが得策かは分からないが、状況の把握は早急にしなければならない。

額を掻いた薫は、ため息を漏らしてから立ち上がった。

「ちょっと、遺体を見てくる」

五十嵐の遺体をしっかり確認する必要がある。これは、普通の状況下での殺人事件ではないため、遺体を調べたところで犯人に繋がる証拠を発見するのは難しいだろう。しかし、あの殺人はこの船を動かしている人間からの明らかな接触である。最悪のコンタクトだが、調べればなにか状況を打開する手掛かりが見つかるかもしれない。

「え、一人で行くんですか?」

赤川の言葉に、薫は頷く。不確定要素を孕《はら》んだ状態での単独行動は避けるべきなのは分かっている。ただ、他人と一緒に遺体の所見を確認すると、どうしても気が散ってしまう。一人でじっくり見たほうが、見逃しは少ない。

それに、一人で行動すれば、犯人が接触してくるのではないかという思惑もあった。これでも刑事だという自負がある。普通の人よりも鍛錬を積んでいるのは間違いないので、簡単には殺されない。自分を餌にする感覚というのは、妙なものだなと薫は思う。

「大丈夫。すぐに戻ってくるから」

軽く手を振って、エントランスを後にする。

周囲を警戒しつつ廊下を進み、ピアノバーに入った。

息を殺し、足音を立てずに移動する。人の姿がないことを確認してから、キッチンへと続く扉を開ける。人の肉が焦げた臭いが飛び込んできて顔をしかめたとき、テーブルクロスがめくられて露《あら》わになった遺体の傍に、人の姿があることに気付く。

背中を丸め、遺体を覗き込んでいる。

よく見ると、顔を近づけ、皮膚の断裂した場所を指でほじっていた。

薫の出現に驚愕《きょうがく》の表情を浮かべた男は、弾かれたように立ち上がった。目が細く、日焼けしている。

海原だった。

「……なにをしているの？」

薫の問いに、海原は視線を泳がせる。

「なにをしていたの？」

返答がなかったので、薫は語調を強めて再度問う。

動揺を見せていた海原は、相変わらず薫と視線を合わせなかったが、観念したかのように肩を落とした。

「え、えっと、ちょっと……五十嵐の弔《とむら》いを……」

身体全体を揺すっている。嘘をついているのは明らかだった。

「皮膚の断裂した場所を指で押しておいて、弔い？」

「そ、そんなこと……」

「していたのを、私はこの目で見た。あなたが彼を殺したの？」

薫はキッチンカウンターの上に置かれてあったナイフを手に取り、構える。

「ちょ、ちょっと待って！　やってない！」

「……じゃあ、どうしてあんなことをしたの？」

警戒を緩めずに問う。

普通、遺体に触れたいとは思わないものだ。状態の酷《ひど》い焼死体なら、なおさらだ。それなのに海原は触っていた。いや、強く押していたので、指が皮膚にめり込んでいた。証拠隠滅をした可能性がある。

ナイフに慄《おのの》く海原は後退《あとずさ》りしたが、すぐに壁に背中がつく。逃げ場がないことに気付き、今にも泣き出しそうな顔になっていた。

「やっぱりあなたが殺し……」

ナイフを突き出したまま、一歩近づく。

「い、いや、違うんですって」両手を振った海原は唇を震わせた。

「僕、い、遺体に興味があって」

「は？」

危うくナイフを落としそうになり、慌てて構え直す。

「……遺体に興味？　どういうこと？」

海原は、しきりに頭を掻いて、話すべきかどうかを迷っているようだった。

「……僕、小さい頃にカラスの死骸が山の中に落ちていたのを見つけてから、動物の死骸に興味が湧いたんです。その体験をしてから、動物の死骸とかを探すために山に入ったりしていたんです。狸《たぬき》とか、猫とか、ハクビシンも。大抵は、ほとんど白骨化したものばかりでしたけど、たまに鮮度のいいものを見つけたり……でも、だからって動物を殺したりはしなかったですよ！　それに、ネクロフィリアでもありません！　単純に、死骸というものを見るのが好きだったんです！」

声を張り上げて否定する。

ネクロフィリア。遺体を性的に犯す。

「人間の死骸も、興味があるの？」

「……動物の死骸と、どんな違いがあるのかって気になったんです。こんなに近くでじっくり見られるなんて、滅多にない経験ですし……あ、僕は民泊とかを経営しているんですけど、そこで一度、自殺した人がいて、立ち会いをしたことがあるんですが、そのときは警察の方もいましたから観察する暇がなくて……あとは、外国で遺体を見た経験があるだけで、変なことは一切していません！　ともかく、五十嵐を殺したのは僕じゃないです！」

海原の慌てた様子を見ながら、薫は眉間に皺を寄せた。

動物の死骸に興味を抱き、それが高じて人間の遺体に関心を寄せる。

あまりにも突飛な主張。ただ、突飛すぎるがゆえに即興の言い訳ではなく、真実のように感じる。

「なんで、遺体に興味があるの？」

「……それは、死んだものを見下ろしていると、なんか征服欲が満たされるっていうか……たぶん、そんな感じです」

薫の問いに、海原は口元を歪める。笑っているように見えた。遺体を見て征服欲が満たされる。普通の感覚ではない。歪んでいる。

「……遺体を損壊するのも罪なのよ。早く、ここから出て行って」

海原が犯人かどうかの判断は保留にしつつも、その可能性は低い気がした。

「は、はいっ！」

やけに通る声を発した海原は、逃げるように扉へと向かい、キッチンから姿を消した。

薫は、一人残される。

額に浮かんだ汗を拭ってから、横たわっている五十嵐の遺体を確認することにした。

顔が焼けているが、苦悶《くもん》の表情を浮かべていることは分かる。腕を上げて肘《ひじ》関節と膝《ひざ》を曲げている。焼死体によくある、ボクサー型姿勢というものだ。皮膚に顔を近づけ、外部所見を確認する。

皮膚の断裂。火傷《やけど》の症状としての紅斑や、水疱《すいほう》形成が見られる。そして、それらの周囲に発赤腫脹《はっせきしゅちょう》があった。死体が焼かれた場合は、発赤腫脹はできない。生きたまま焼かれた可能性が高い。

臭いから判断するに、五十嵐はガソリンで焼かれている。事故でないのは明らかで、この船に、危害を加える人間が存在しているのは間違いないだろう。

ただ、疑問点もある。

遺体の損傷が激しく、皮膚の断裂も多くあった。海原が指を押し込んだであろう傷もある。ただ、それ以外の外傷はないようだ。焼死体のため判断に迷う部分は残るものの、明らかな防御創《ぼうぎょそう》がないというのは不思議だ。無抵抗で焼かれたのだろうか。不意を突かれてガソリンをかけられ、火を付けられる。

無理ではないかもしれないが、違和感があった。

ほかに、なにか手掛かりになるようなものはないかと探るが、なにもなかった。視線を転じる。

〝3％〟と書かれた、トランプほどの大きさのカード。

五十嵐の遺体と関係があるか不明だ。犯人からのメッセージだが、この数字がなにを指しているのか見当も付かなかった。

生きたまま焼かれ、無抵抗で殺された。

薫が遺体から得られた情報は、それだけだった。

キッチンを出てエントランスに戻ると、赤川と勝木の姿があった。

「どうでしたか？」

心配そうな顔で、赤川が訊ねてくる。

「生きたまま焼かれた可能性が高い。でも、抵抗した形跡がない。分かったのはこれくらい」

素直に答える。

「……生きたまま……でも、抵抗した様子がないってのも、不思議ですね。不意打ちでガソリンをかけて焼いたってことですかね？」

その結論に至るのが妥当だろう。今のところは。

「ともかく、何者かが五十嵐さんを殺害したのは間違いなさそう……」

赤川が喋っている最中に、エントランスの扉が開き、勢いよく人が入ってきた。

薫は身構えたが、その人物が三宅だと分かると、緊張を緩める。

ただ、すぐに異変に気付く。表情がおかしい。

「あ、あの……」

三宅は後方を指差す。続きを喋ろうとしているようだが、苦しそうな呼吸をしているばかりだった。

「どうしたの？」

薫の問いに、三宅は青い顔を向けてくる。

「あの……そこで、人が死んでいるみたいなんです。あれは、夏帆かも……」

そこまで言った三宅は、薫たちに背を向けて口から胃液を吐き出した。

ふらつく三宅に案内され、デッキに出る。風が強く、身体が押し戻されそうになった。

船尾のほうに歩いていくと、人が倒れていた。いや、かつて人の姿をしていたであろう物体が横たわっていた。身体が半分ほど溶けており、まるで、デッキに沈んでいるように見えた。顔は鼻の上からが溶けていて判別できなかったが、残っている服の一部が白いワンピースだということ、そして派手なネックレスをつけていたことから、夏帆だと判別できた。

「……デッキに身体が溶け込んでいる。これもフィラデルフィア計画であったことと一致しますね。瞬間移動した船員がデッキで溶けていたという報告があります」

勝木が呟く。

「これ、どうやって溶かしたんでしょうね。硫酸とかフッ素とか、水酸化ナトリウムか。臭いがないので、硝酸ではないですね」

遺体を間近で観察している赤川が、鼻を近づけて言う。

「……溶かし方、そんなに重要？」

「いえ、ただの興味本位です」立ち上がった赤川が真顔で答える。

「ただ、この場所で溶かされていないのはたしかですね。甲板に傷はないですし。それと、夏帆さんを最後に見たのは、つい先ほどです。普通の薬品ではこんな早く溶けません。よほど高濃度だったのか……日本では入手できない特殊な薬剤かもしれませんね」

顎に手を当てた赤川。名探偵を気取っている感じが鼻についたが、しっかりと観察しているなと感心する。

薫は、遺体を見下ろす。口が、大きく開いている。その口の中が焼《や》け爛《ただ》れていた。なにかを飲まされたのか、口に含ませられたのか。

遠くのほうで、三宅たちがこちらの様子を窺っていた。美優は泣いている。つい先ほど夏帆が殺されたかもしれないと聞かされたとき、軽いショック状態に陥っていた。美優以外は、デッキで溶けた遺体を確認し、皆が夏帆だと認めていた。

薫は、遺体を見下ろし、遺体の手に握られているカードを見る。

〝1・56〟と書かれたカード。

厨房で死んでいた五十嵐の傍に置いてあった〝3％〟と書かれたカードと同じもの。字体も似ていた。

〝3％〟と〝1・56〟。

この二つの数字は、なにを示しているのか。

操舵室を見上げ、睨みつける。今も姿を現さない人物は、いったいなんの目的があってこんなことをしているのか。

皆が遺体から離れた後も、海原だけは名残惜しそうに遺体を観察していた。

デッキを後にして、エントランスに集まった。海原も遅れてやってきた。

美優は両手で顔を覆い、肩を震わせている。菅野は虚空を睨みつけていたが、顔には恐怖心が宿っている。ほかの人も怯えた様子だった。一人を除いて。

少し離れた場所に立っている西多摩は、思い詰めたような表情を浮かべていた。そこには、憤怒も垣間《かいま》見《み》え、危うい印象を受けた。

「大丈夫？」

薫は西多摩に声をかけるが、無視される。肩に手を置くと、驚いたように後退った。たった今、存在に気がついたかのような反応。

「大丈夫？」

もう一度問うと、西多摩はぎこちない調子で頷く。坊主頭の西多摩は、背が高く、一見して怖そうな容姿だったが、よく見ると整った顔立ちをしていた。

「……俺、部屋に戻る」

静かな声を発し、歩き出す。薫は引き留めようと思ったが、その前にエントランスの扉が閉ざされ、西多摩は姿を消してしまった。

「あいつ、夏帆のことが好きだったから」近づいてきた三宅が告げる。

「多分、かなりショックだったんじゃないかな……」

そう言う三宅自身、死人のような顔色をしていた。薫は気の毒に思うが、状況を確認する必要がある。

「夏帆さんを見つけた経緯について教えてくれない？」

遺体があった場所は、デッキの後方。そこにはなにもなく、行く必要のない空間だ。どうしてあんなところに一人で行ったのか気がかりだった。そもそも、この状況下に一人で行動することも不思議だった。

青い顔をした三宅は、一瞬だけ目を泳がせてから喋り始める。

「……えっと、最初は一人で部屋にこもっていたんですけど、気分が悪くなったので外の空気を吸おうと思って外に出たんです。少し怖かったですが、ともかく吐きそうで」

「船首ではなく、船尾に行ったのはどうして？」

「前のほうに行くと、上の操舵室から見下ろされそうで怖かったので……」

怖さを表現するように、身体をぶるりと震わせた。

一定の説得力はあるなと薫は判断する。たしかに操舵室からデッキの前方は丸見えだ。避けたい気持ちも分かる。

考えを巡らせた薫は、三宅のことを容疑者の一人として見ている自分に気付き、少し意外に思ったものの、その観点は間違ってはいないかもしれないと考える。

彼らは、普通ではない。疑う必要がある。

「あと、もう一つ聞きたいんだけど」一度区切り、再び口を開く。

「少し前に菅野くんがジェネレーション・ミーって言ってたけど、それってなに？」

記憶を辿りつつ訊ねる。間違いなく言っていた、ジェネレーション・ミーという言葉。いったいどういう意味なのか、ずっと気になっていた。

薫の問いに、三宅は警戒するように顔を強ばらせる。

「はぐらかさないで。嫌と言っても、聞き出すから」

追及の手を緩めなかった。

このグループのメンバーの関係性を明らかにすることが、この状況を打開する手段になるとは思えなかったが、なにかしらのヒントになるかもしれない。

言い渋っていたものの、やがて、三宅は大きく息を吐いた。

「……こう言ってはなんですけど、僕たちの親は金を持っていて、それで、僕たちも金には困らない境遇です。それで、この集まりのことをジェネレーション・ミーと名付けたんです」

「どういう意味なの？」

「えっと、この言葉はもともとはアメリカの大学生のことを指したものなんです。今まで以上に闘争心やバリバリの野心を持っていて他人を思いやる暇がない世代を指しています。それが、僕たちの性格と合致していたんです。簡単に言うと、自分が勝つためなら何でもするナルシストって感じです。改めて説明するとちょっと恥ずかしいですけど、みんな結構気に入っていたんですよ。だって、この世界って、99％の敗者と、１％の勝者で成り立っているでしょう。１％の側に立ち続けるには、相応の覚悟が必要じゃないですか。勝つためには自己中であるべきで、なんでもするという気合いが必要なんですよ」

一気にまくし立てた三宅は、更に続ける。

「ジェネレーション・ミーは一昔前の世代のことを指していたんです。最近の世代って、ジェネレーションYとかジェネレーションZとか言って金に執着しないとか社会貢献に意識が向いているとか評されていますけど、あれって結局は金持ちになれなかったり、高い地位に行けない奴の僻《ひが》みみたいなものなんですよ。そんなのは、僕たちとは関係のないものです。自己中で、目的のためなら手段を選ばないジェネレーション・ミーこそが、僕たちを表わす言葉として最適なんです」

そう説明する三宅の瞳は、鈍く光っていた。その目を見た薫は、初めて三宅に対して恐怖心を抱く。

内心の変化を覚られないように、薫は表情を引き締める。

「……そのジェネレーション・ミーのメンバーが、ここに集まった七人だったの？」

「あ、いえ、一人は今回の旅行を欠席しています。永福《えいふく》響《ひびき》って名前で、新聞社の専務の娘です」地方紙の新聞社の名前を挙げた。

「なんか、急に来られなくなったみたいで……おとなしい子で、少し身体が弱いから、風邪でも引いたんだと思います」

薫は目を細める。八人のジェネレーション・ミー。三宅の言葉を借りるなら、自己中心的な考え方をする八人。偶然この客船に招かれたのか、意図されたものなのか。

この船を運航する人物のことを考える。

まず、単独犯ではないだろう。複数犯なのは間違いない。いったい、何人がこの船に乗り込んでいるのか。

いったい、誰の仕業なのか。

——幽霊の仕業。

薫は現実主義者だったが、その可能性を排除することができなかった。航行している場所が魔の海で、失踪したコトパクシ号という船名を冠し、メアリー・セレスト号のような朝食があり、カナリアがいて、二人がフィラデルフィア計画と同じような死に方をした。これは、偶然ではない。

人間の手で作られた舞台に違いないと思いつつ、超常的な力によるものだという可能性を排除できなかった。

寒気を覚えた薫は、歯を嚙みしめて、弱気を振り払う。

幽霊ではない。この大掛かりな装置は、人が作り上げたものだ。

そしてその人間のうちの一人は、少なくとも青いドレスを着ている女性だ。

2

部屋に戻った西多摩はベッドに寝転んだものの、すぐに起き上がる。怒りで頭がどうにかなりそうだった。

いったい、この船はなんなんだ。どうしてこんな仕打ちをするのだ。怒りに任せて壁を蹴る。

この理不尽な状況が、理解できない。

船の外装も内装も、設備も古い。以前、旅行で乗った豪華客船とは雲泥の差だ。ただ、これがかつて豪華客船と呼ばれていたであろうことは理解できた。定期的に管理人によって手入れがされているが、主人が寄りつかない別荘のような印象。

そんな船がいったい、どうしてあんな場所に浮かんでいたのか。

そして、どうして乗り込んでしまったのか。救命いかだが心細かったとはいえ、三宅の意見に同意しなければよかったと後悔した。鳥島に上陸しておけばよかった。

思考が散漫になるが、必死で考える。

夏帆が見たという、青いドレスを着た女性。その女性は、桐岡佳菜子に似ていたという。

「そんなはずあるかよ」

吐き捨てるように言う。

桐岡佳菜子は死んだ。絶対に死んだんだ。

この目で、たしかに見ているのだ。上から見下ろして、倒れている遺体を確認した。遠かったが、しっかりと見た。

西多摩は顎に力を込める。奥歯が割れるほどに。

夏帆が死んだ。いや、殺された。

それをただ黙って見過ごすことなどできない。西多摩は、奪われるのがなによりも嫌いだった。

怒りが、理性や恐怖心を遥《はる》かに凌駕《りょうが》した。

奪った奴を、ただじゃおかない。

部屋から出た西多摩は、エントランスにいる薫たちに見つからないように移動してバーの奥にあるキッチンに行き、一番大きな包丁を手に取った。

音を立てないよう慎重な足取りで廊下を歩き、プールのエリアを抜け、操舵室へと続く階段を上る。やがて、扉の前に到着した。

一度押し、次に引いてみる。

びくともしなかった。包丁の柄を強く握りしめる。

ジェネレーション・ミーを作ったのは三年前。そのときから、夏帆に片思いをしていた。高飛車なところも魅力的だったし、人を小馬鹿にしたような態度も悪くない。

なにより、顔が好みだった。

機会を窺い、冗談交じりに二度告白したが相手にされなかった。だが西多摩は自分の容姿が優れていることを自覚していた。だから、まだチャンスはあると思った。遊び相手に不自由はなかったが、夏帆と出会ってから、ほかの女が物足りなくなった。色褪《いろあ》せて見えた。

夏帆のことが、好きでたまらなかった。

運命の人だと本気で思っていた。

こんな形で奪われるなんて、耐えられない。

――それなのに。

「開けろっ！」

怒りが爆発した。

扉を叩き、蹴りつける。それを嘲笑《あざわら》うかのように扉は沈黙し続けた。それでも、叩き続けた。西多摩は、学生時代から我慢というものを止めていた。問題児だったという自覚はあったが、更生するつもりはなかった。自分は、問題児であることを許される存在だと思っていた。中学校のとき、煙草《たばこ》を吸っているのを見とがめた女教師に灯油をかけて泣かせたこともあるし、暴力で同級生を半身不随にしたこともあった。社会人になってからも、なにかと喧嘩をしては相手を傷つけ、痛めつけた。裁判沙汰になりそうになったことも一度や二度ではない。それでも、金があればなんとかなった。金と地位があれば、許される。

それが、この世の摂理なのだ。

だから、我慢などしない。選ばれた人間は、我慢しない。

「マジで、ふざけんじゃねぇぞ！」

五十嵐が殺されたときは恐怖心しか感じなかったが、夏帆が殺されたことで、完全に怒りに支配された。頭に血がのぼり、視界が赤くなっているような感覚を覚える。

そもそも、この旅行は、まったく違う目的を有していた。そのはずだった。しかし、今はめちゃくちゃになっている。

――殺す相手が違うじゃないか。

「ふざけんじゃねぇ！」

扉を蹴り続ける。その音が跳ね返り、耳鳴りがした。

甲高いキンキンとした音が、どんどん大きくなっていく。

なんだ、この耳鳴りは。

この耳鳴りは異常だ。

「ふざけ……」

声が掠《かす》れる。視界もぼやけてきた。

やがて、その場に倒れ込んだ。

息ができない。意識が飛びそうだ。

大きく息を吸い、吐く。

空気を求めて顎を上げるが、状況は改善しない。

そのとき、背後に人の気配がした。手を首に当てて、必死に呼吸をしながら振り返る。

そこに立っている人物を見て、思考停止した。

青いドレス。

口元になにかを付けていたが、誰の顔かははっきりと分かった。

「……し、死んだはずじゃ」

声を掛けられた人物は、満面の笑みを浮かべた。

スイッチを切られたように、視界が暗転した。

第三章

1

このままエントランスに残るべきか、各自部屋に籠城するべきかの議論を、薫は無言で眺めていた。

ここに留まり、一緒にいるべきだという意見は海原一人だった。

エントランス残留派の海原に対し、美優はこんな広い場所にいるのは不安だと主張し、三宅は集団でいても一人でも、狙われたら終わりだと悲観していた。菅野はすでに部屋に戻っている。

結局、エントランスに残ったのは薫と赤川と勝木の三人だけだった。いつもどおりの顔ぶれ。

どう行動すれば正解なのか分からない状況で、引き留めるわけにはいかない。無理に行動を制限すれば反発を呼ぶ。ある程度自由にさせるべきだ。それが三人の見解だった。

薫は階段に腰掛け、天井を見つめてから、赤川の肩に目をやった。

「……懐かれてるじゃん」

カナリアがしきりに鳴きながら、首を動かしていた。周囲の様子を窺っているのだろうか。表情が読めるはずがないものの、不安そうな顔に見える。

「可愛いですよね。ここから帰れたら、ペットにします」

赤川はカナリアの頭を撫でながら笑う。その笑みに疲れが見て取れた。呑気な赤川も、この状況に疲弊しているのだろう。

薫自身、疲労困憊《ひろうこんぱい》していた。正体不明の船に乗せられ、人が尋常ではない方法で殺されていく。

精神を正常に保てていることが不思議だった。

現実離れしたこの異常な環境が、麻酔のように神経を鈍らせているのだろうか。

「……なにか、打開策はないものか」

勝木は背筋を伸ばして腕を組み、真剣な表情を浮かべている。疲れを感じさせない、頑強な表情だ。

その姿が頼もしかった。このまま告白してしまおうかと一瞬思ったが、その馬鹿げた考えを振り払う。今は生き残ることを考えるべきだ。

「あの、さっき三宅くんから聞いたんですけど」

薫は勝木に向かって話しかけ、ジェネレーション・ミーのことについて情報共有する。

集まり。


赤川はカナリアを愛《め》でるのを止め、聞き耳を立てていた。メンバーが八人いるジェネレーション・ミー。金持ちで、傲慢《ごうまん》で、自己中心的な人間の集まり。

話を聞き終えた勝木は、低く唸る。

「今回、ジェネレーション・ミーのメンバーのうち、遭難した七人が乗船した。この船には、七人分の朝食と客室が用意されていた……もしかしたらこの船に、残り一人のジェネレーション・ミーが関与しているかもしれませんね」

「私もその可能性を考えました。ですが、今回欠席したのは、新聞社の専務の娘です。そんな人が、このような大舞台を用意できるとは思えないんです」

「たしかに。船を用意するだけでも莫大なお金がかかりそうですし」赤川も同意する。

「でも、ジェネレーション・ミーを狙っている人物が、今回の件に関与しているのは間違いなさそうですね。つまり、何者かにとって、狙いは最初から彼らであって、それに我々は巻き込まれたってことですね」

言い終えた赤川は笑う。

笑える状況ではなかったが、笑えるくらいツイていない。

巻き込まれた。

たしかにそうかもしれない。彼らがどんな恨みを買っているのかは分からないが、知れば、この状況を明らかにすることができるかもしれない。

　唐突に、赤川は立ち上がった。

「……どうしたの？」

「ちょっと、皆の様子を見てきます。心配ですから」

　薫の問いに、赤川は答える。

　腕時計を確認する。エントランスで別れてから、一時間ほどが経過していた。

「僕は刑事です。市民を守るのが勤めですから。嫌がられても煙たがられても、それが仕事ですから」

　その言葉に、薫ははっとさせられた。こんな奇妙な状況下に置かれていたせいで、刑事であることを失念しかけていた。そんな自分を恥じ、また赤川のことが少しだけ格好良く見えた。ほんの少しだけ。

　砕けた敬礼をした赤川は歩き出す。

「……わ、私も」

　上擦った声を出した薫は、顔が赤くなるのを意識しながら後を追う。この火照《ほて》りは、恥じらいによるものだと自分に言い聞かせながら。

　レセプションエリアを抜け、ロイヤルスイートに到着する。どの部屋に誰がいるのか分からなかったが、一番手前の右に位置する部屋の扉をノックし、返事を待つ。

返答はない。

「大丈夫ですか」

ノックしながら赤川が問う。

すると、鍵を解錠するような音の後、隣の部屋の扉が開く。美優だった。音を聞きつけたのか、菅野と海原も出てくる。

「……どうしたんですか」

美優が怯えたような顔を向けてきた。

「あ、起こしてしまいましたかね。定期巡回です」

赤川が気楽な調子で言うと、菅野が舌打ちをする。

「そこは西多摩の部屋だ。ノックなんてしてないで開けたらどうだ。鍵がかかっているのか？」

「寝ているところすみませーん」

言いつつ、取っ手を握る。なんの抵抗もなく開いた。

「鍵はかかっていませんね……あれ？　誰もいないですね」

部屋の中を見た赤川が首を傾げる。

薫も確認する。無人だった。

中に入る。ロイヤルスイートというだけあって、内装は豪華だ。ただ、設備はどれも古びている。

壁紙もところどころ剝げているし、電気が切れている箇所もあった。長年使われていないことが窺える。

警戒しつつ、周囲を観察していると、ベッドの上になにかが置いてあった。

「……ピアス？」

蝶《ちょう》の形をしたピアスが一つ、置いてあった。広げられた羽は黄色と緑色の中間色。

「え？」

美優が声を漏らした。

「え……これって、アサギタテハ？」

――アサギタテハ？

聞いたことのない蝶の名前だなと薫は思う。

「……ど、どうして？」

目を大きく見開いた美優は、両手で自分の髪をくしゃくしゃにする。

そして、唐突に悲鳴のような声を発した。

「なんでなんで！　ねぇ！　なんで⁉」

錯乱したように頭を横に振る。瞳からは大粒の涙が流れた。

「や、やっぱりあの子だよ！　あの子が私たちを殺そうとしているんだよ‼」

大声で言い、海原の腕を摑んで力任せに引っ張る。

「あの子だって！　私たちを殺そうとしているんだって！」

腕を摑まれた海原は、唇を震わせながらピアスを凝視していた。状況が理解できず、呆《ぼう》然《ぜん》としているようにも見えた。

「そんなわけねぇだろ！　あいつは死んだんだ！」

菅野が怒鳴る。しかし、美優の悲鳴のほうがはるかに大きかった。

薫は、錯乱状態に陥った美優を別の部屋に誘導し、抱きながら、落ち着かせることに専念する。

「あの子って、誰のこと？」

泣きじゃくる美優の震えが収まり、ようやく落ち着いたところで薫は訊ねる。

再び涙を流し始めた美優は、ただ首を横に振るばかりだった。

これでは埒《らち》があかない。

全員をエントランスに集めるべきだと思った薫は、そのことを赤川に伝える。

「分かりました！」

敬礼をした赤川は部屋を出ていった。

薫はその背中を見送り、部屋の中を見回していると、すぐに赤川の声が聞こえてくる。

「薫さん！　ちょっとこっちに来てください」

その声は、不穏な空気をまとっていた。

声の方向に進み、はす向かいの部屋に入る。

「いったいどうし……」

声が途切れる。

赤川が凝視している先。そこは壁だった。壁なのは間違いないが、なぜか緑色のポロシャツと白いチノパンが張り付いている。服のいたるところが焦げて黒くなっていた。この服は、三宅が着ていたものだ。

「……これも、フィラデルフィア計画にあった現象ですか」

薫の問いに、勝木が頷く。

「たしか、衣服だけが船体に焼き付けられていたという現象があったという報告があります」

「……その服を着ていた人、死んだんですか」

「そこまでは分かりません」

首を横に振る。

薫は焼き付けられた衣服を見つめながら、三宅は十中八九死んでいるだろうなと思う。近くに、〝11％〟と書かれたカードが落ちていた。

最初に殺された五十嵐の傍にあったカードは〝3％〟、次の被害者である夏帆の遺体の近くにあったカードは〝1・56〟。

そして今回は〝11％〟。

なにかを伝えたいのか。この数字を明らかにすれば、なにが分かるのだろう。犯人を特定することができるのか。

こんなの、普通じゃない。この舞台を作った人間は、尋常ではない恨みを抱き、強大な悪意を向けてきている。

「……あなたたち、なにをやったの？」

部屋の入り口から様子を窺う菅野と海原は黙している。海原の横では、美優が膝を抱えてすすり泣いていた。

「あなたたちは、いったいなにをしたの⁉」

薫は二人に近づいてもう一度問い、菅野を睨みつけながら腕を摑んだ。

「なにすんだよっ！」

怒鳴った菅野が荒々しく薫の手を払いのけた。

薫は、一歩も引く気はなかった。

「もう気付いているんでしょ？　この船は、あなたたち七人を殺すために用意された舞台なの」

「ふざけんなっ！」菅野は唾を飛ばしながら言う。「そんなこと、あり得ない！　殺されてたまるかよ！　俺たちが殺す側だったんだ！」

そう口走った菅野は失言をしたと思ったのか、目を大きく見開いてから顔を歪めた。

「……どういうこと？」

薫が問うが、返答はない。

そのとき、人影が薫を横切る。

「どういうことだ！」

勝木が菅野を壁まで追い込んで、胸ぐらを掴んだ。その気迫に菅野は明らかにたじろいでいた。

「殺す側？　どういうことだ⁉」

嚙み殺そうといわんばかりの勢い。抵抗を試みた菅野だったが、勝木の太い腕はびくともしなかった。

菅野は視線を逸らした。

「……俺たちの目的は、三宅を殺すことだったんだ」

「どういうことだ！」

勝木の手に力が込められ、腕の血管が浮き上がる。

「い、言うから……」

首が絞まっているのか。苦しそうな声を発する。勝木が手を離すと、菅野は咳をしてから床に唾を吐き出した。

「海原、お前から説明しておけ」

そう言った菅野は、背を向けて歩き出す。

「どこに行く？」

「うるせぇ」

勝木の声を掻き消すような声を発した菅野は、部屋へと消えていった。

残されたのは、海原と美優だった。美優は、ずっと泣いていて、話ができるような状態ではない。

自然、薫と赤川と勝木の目は、海原に向けられる。

「三宅くんを殺そうとしたって、どういうこと？」

薫の問いに、海原は日焼けした顔を指で掻く。太い眉毛が八の字になっていた。

「菅野くんが言ったことは本当？」

「……ええ、まぁ」観念したように肩を落とした。

「僕たちは……今回の旅行で三宅を殺すつもりだったんです」

「どうして？」

「それは……」言い淀んだが、すぐに続ける。

「僕たち、三宅に殺されかけたんです」

その言葉に、薫と赤川と勝木は顔を見合わせる。

殺そうとした三宅に、殺されかけた。なにがなんだか分からなかった。

説明を促すと、海原は躊躇いつつも話し始める。

「二年くらい前のことですけど、山に登ろうって話になったんです」

「このメンバーで？」

「はい。今回来なかった響も参加していました」

響。永福響のことだろうと薫は思う。

「……それと、もう二人も」

海原は唇を歪める。

「その二人も、ジェネレーション・ミーのメンバーなの？」

「だった、です」そう訂正し、暗い表情になった。

「大して難易度の高い山じゃなかったんですけど。金をかけて最新鋭の装備をして、万全を期したんですが、技術と実績がまったくない素人集団ですからね。菅野が調子に乗って通常ルートを外れたせいで、運悪く遭難してしまったんです。めっちゃ悪天候になって、雨も降ってきて。山を登った経験、誰もなかったんで、どうしたらいいか分からないし、寒さで体力が消耗していくしで……その上、登山届も出していなかったので。ほんと、馬鹿でした。一応、小さな洞窟があったんですけど、雨風をしのげるほどじゃなくて。電波も届かなくて、このままだとみんな死んでしまうって状況で、三宅が助けを呼びに行くって言って、一人で下山していったんです」

たしか、富士山や南アルプスなどで遭難するケースは減ったが、その代わりに低山を無届けで登って遭難するケースが増えたと聞いたことがある。彼らも、その中の一例だったわけか。

薫は話を聞きながら、あの三宅からは想像できない行動だなと思う。

海原は続ける。

「最初はありがたいって思っていたんですけど、あいつ、一向に戻ってこなかったんです。それで、もしかしたら逃げたんじゃないかって話になったんです。当時から、あいつのことをイジりの対象にしていたから」

「イジりっていうと、苛《いじ》めていたってこと？」

赤川の問いに、海原はばつの悪そうな顔をする。

「まぁ、そういうことです。あいつの家、僕たちより格下だったので」

「格下……」

薫の言葉を受けた海原は、不思議そうに首を傾げる。

「ジェネレーション・ミーは、選ばれた人しか入れないグループですよ。そのグループに入ることのできる基準は、金持ちであることです。それこそが唯一の資格です。だからこそ、格下は馬鹿にされますし、だからこそ、結束が固いんです」

なにを言っているのだ。

薫は眉根を顰めるが、当の本人は本気で言っているようだった。

「それで、三宅が裏切って一人で逃げたという主張と、途中で行き倒れたって主張があったんですけど、どちらにせよ助けが来ないって意見で一致したときには、寒さで疲れ果てていて。でも、そのまま留まっていても死ぬだけだってことで、思い切って下山したんです。雨と濃霧で視界が悪くて、誰がどこにいるかも分からない状況で、ようやく下山できたときになって初めて、果凛《かりん》と真理《まり》がいなくなっていることに気付いて。それで、はぐれて行方が分からなくなった果凛と真理を、あとで捜索隊の人が見つけてくれたんですが、滑落して二人とも死んでいて……果凛は、僕の彼女だったんです」

海原は目に涙を浮かべる。つらい記憶なのだろう。唇が僅かに震えていた。

果凛と真理というのは、ジェネレーション・ミーのメンバーだった人物か。

「結局、三宅は無事に下山していました。助けを呼ぶつもりだったと弁解していましたが、いろいろと聞き回ったら、生存者はいないって言っていたみたいで。普段から馬鹿にされていることに対しての腹いせに、絶対に、僕たちを見殺しにしようとしたんだって話になったんです」

「それで、今回の旅行で殺そうとしたわけ？」

海原は頷く。それが当然の行動であるかのような顔で。

「一時期、三宅は僕たちを避けるようにしていたんですけど、ついこの間、急に連絡があって。それで、またジェネレーション・ミーに入れてくれって言われて。僕たちにとって、好都合でした」

「殺すのに好都合ってことね」

「はい……って、こんなこと、刑事さんに言って大丈夫かなぁ……まぁ、別に未遂だからいいか」

海原は半笑いで言う。悪びれた様子は一切ない。感覚がズレていると薫は思う。

「クルージングの途中で海に落ちたって言えば、誰にも怪しまれないと思ったんです。ただ、三宅はやけに用心深くて、なかなか上手くことが運ばなかったんです。それで今に至って、こんな感じです」

おどけたように手を広げた海原は、笑みを浮かべる。無理やり作った笑顔だった。

ジェネレーション・ミー。

ただの金持ちの集まりかと思ったら、彼らは人を殺すためにクルーザーで海に出たのか。非常事態だとはいえ、刑事に殺害計画を漏らす浅はかさは若者らしいが、やろうとしていたことは立派な犯罪だ。善悪を理解できない稚拙さに、感覚のズレ。致命的な欠陥。

「……それで、この船は、お前たちが用意したってことか？」

勝木が怒気を込めて訊ねると、海原は慌てて首を横に振った。

「いやいや、さっきも言ったように、僕たちは夏帆のクルーザーを使って海に出て、三宅を海に突き落とそうとしただけですって。人を殺すのに、どうしてこんな船を使う必要があるんですか」

たしかに、この船を用意した目的が分からない。何者かにとって、この船がジェネレーション・ミーのメンバーの命を奪うための舞台だとしても、ここまでする必要があるのだろうか。

この舞台装置は、本当にそれだけが目的なのか。

「あと、青いドレスってなに？　なにか心当たりがあるの？」

薫が訊ねると、海原はぶるりと身体を震わせて、二歩後退した。

「い、いや、それは……」

みるみる顔が青くなっていった海原は、突然走り出した。

「お、おいっ！」

手を伸ばした勝木が追いかけようとしたが、海原は部屋から姿を消してしまう。

「ったく、面倒なやつらだな」

頭を掻いた勝木は、眉間に皺を寄せた。

「アサギタテハって蝶、知ってる?」

赤川が勝木に訊ねる。

「……詳しくは分からないが、フィリピンでよく飛んでいるのを見たことがある。黄色と緑色の羽を持った蝶だ」

「へぇ、そうなんだ。聞いたことないなぁ」

赤川が呑気な声を発する。同感だと薫は思う。おそらく、かなりマイナーな蝶なのだろう。ピアスを見て、アサギタテハという名前が出てくることは、以前に見たことのあるピアスなのだろうと推測できる。

海原が消えていった扉を見ながら、薫は考える。青いドレスがなにを示しているのか分からない。それに、西多摩の部屋に残っていたアサギタテハのピアスを見た美優の取り乱しようは異様だった。

ジェネレーション・ミーには、まだ人に言えない秘密があるはずだ。

それがなんなのかを考えていると、勝木がしきりに周囲を見回していることに気付く。ときどき壁を叩いては、音を確かめているようだ。

「どうしたの?」

赤川が問う。

勝木は、壁のクロスの継ぎ目を指でなぞっていた。また、床を強く踏んだりしている。

「いや、我々が行き来できるエリアの外側に犯人がいるとしたら、どこからこちらに侵入しているのだろうと思って」

その言葉に、赤川は怪訝な表情を浮かべる。

「鍵が掛かっている扉を開けて入ってきているんじゃない？」

「一応、すべての閉まっている扉を確認したんだが、びくともしないんだ。鍵が掛かっているだけだったら、わずかにでも動いてもいいはずじゃないか。鍵を閉めたときに飛び出るデッドボルトは、完全に隙間を埋めるものではないから、押したり引いたりすれば扉はわずかに動くはずだ。閉じた扉は、絶対に開けられないように完全に溶接されている可能性がある」

薫もそう思っていた。開かない扉は、扉というよりも壁のような印象を受けた。開くかもしれないという感触がまったくないのだ。

「じゃあ、どうやって侵入してきているんだって考えたとき、隠し通路みたいなところがあるんじゃないかって思ったんだ……まぁ、犯人がジェネレーション・ミーの中にいないという仮定の上に成り立っている推論だが」

「その可能性もないわけじゃないと思うけど、この船を用意した人間があの中にいるかと問われると、確率は低い気がするなぁ」

赤川は首を傾げながら言う。

「あの若者たちの中に、こんな大それたことができる奴がいるとは思えない。だからこそ、外部からどうやって侵入してきているのか気になるんだ。犯人はジェネレーション・ミーを狙ってこの舞台を用意した可能性が高いが、だからといって私たちを生かしておくつもりはないだろう。それに、この船が明神礁に向かっているとしたら、おのずと我々はこの船と心中することになる。犯人が道連れを考えているとは思えない。必ず、脱出手段を残しているはずだ」

「つまり犯人を捕まえて、脱出手段を奪うってことだね？」

「奪うって表現が適切かは置いておいて、そのとおり」

勝木は再び壁を叩き始めた。

明神礁。

考えないようにしていたが、このまま時が過ぎるのを待っているだけでも、死が一歩ずつ近づいている。正体不明の犯人に命を狙われなくても、このままでは全員が海の藻屑《もくず》になってしまう。

「……僕たちも、隠し通路を探しましょうか」

やや顔を引き攣らせた赤川の提案に、薫は頷いた。

エントランスに戻る。

三層に分かれたエントランスには、合計十五の扉があり、二つの扉を開けることができた。一つは、レセプションエリアへと続き、その先に朝食が用意してある空間があった。そしてもう一つは、バーやハリウッドシアタールームや室内プールがあり、プールエリアからデッキに出ることができた。デッキからは、どこにも行けない。操舵室にも。

相変わらず、閉じられた十三の扉は開かなかった。

壁を手で軽くノックしながら歩く。隠し扉があれば、音が変わるはずだ。しかし、よく分からなかった。床には、タイルカーペットが敷き詰められている。すべてを剝がすには手間がかかるので、足で強く踏んでみるが、音に変化はない。

薫の顎から、汗が滴って床に落ちる。

身体が汗ばんでいる。先ほどまでは空調が効いていたが、今は止まっているようだ。少し船内が蒸し暑くなっている気がした。心理的な圧迫感が増す。

三人でエントランスをくまなく探索したが、成果はなかった。

次に、レセプションエリアを確認する。ここも異常なし。

朝食が置かれた場所も問題なし。

ロイヤルスイートに向かう。七つの客室のうち、一番手前の左側の扉をノックする。

「……なんだよ」

扉の向こう側から聞こえてきたのは菅野の声だった。

「ちょっと確認したいことがあるんだけど」

薫が言う。しばらくして扉が開き、菅野が現れた。汗ばんでいる。この部屋も暑くなっていた。

「……確認って、なんだよ」

菅野は疑わしそうな視線を向ける。手には包丁が握られていた。キッチンから取ってきたのだろう。

薫は、犯人がどうやってこのエリアに侵入してきているのかを確認しているのだと説明する。

「……好きにしろ」

つまらなそうに呟いた菅野は包丁を枕元に置き、ベッドに寝転んだ。

薫たちは居室の壁を確認する。

落ち着いた色の花があしらわれた壁紙。ところどころ裂けているのは、経年劣化によるもののようだ。壁に、隠し通路はない。バスルームやクローゼット、トイレも確認するが、結果は同じだった。

「異常なし。扉を開けない限り、ここは安全」

「そんなこと知ってるよ馬鹿。俺も調べたしな」

そう言った菅野は、小馬鹿にしたような笑みを浮かべた。

ぶん殴ってやろうと思って拳を握った薫を、赤川が宥める。

部屋を出る。次の部屋に入ると、海原と美優が一緒にいた。美優はまだ泣いていた。どうやら、海原が慰めているようだ。

勝木が、先ほど菅野に伝えたのと同じ説明をする。

「……分かりました。お願い、します」

海原がばつの悪い顔になった。先ほど逃げたことを後ろめたく思っているのだろう。青いドレスやアサギタテハのピアスのことを聞き出したいのはやまやまだったが、今は侵入口となる通路を探すのが先決だ。

壁を調べる。異常なし。

「あの……」

部屋を出て行こうとする薫に、美優が声をかけてくる。

振り返ると、美優が泣きはらした顔を歪めていた。許しを乞うような表情だった。

なにかを説明しようとしているらしいが、海原がそれを止める。

「関係ないに決まってるって」

「でも……」

「偶然だって」

宥めるような口調の海原に、美優は困惑しながらも頷いた。

「……なんでも、ないです」

視線を漂わせてから呟き、顔を伏せてしまう。

薫は尋問したい衝動に駆られるが、先に船内を捜索しなければならない。時間がないのだ。

部屋を出て残りの部屋を確認する。五つの空室も捜索したが、結果は同じだった。西多摩の姿もなく、三宅の遺体も見つからなかった。

客室エリアを出て、ハリウッドシアタールームに向かう。

ここは、青いドレスの女性が目撃されたときに調べたが、念のため再度確認することにした。スクリーンに仕掛けはないし、椅子も動かない。ここも異常はない。

隠し通路など、本当に存在するのだろうか。疑念が薫の頭に浮かんでくる。

「ちょっと、休憩しません？　喉が渇いて干上がってしまいそうです」

雨に降られたかのように汗で濡れた赤川が提案する。

薫もやけに喉が渇いていた。船内が暑くなっているせいだろう。

ハリウッドシアタールームを出て、ピアノバーに入る。

棚からペットボトルを出して、細工されていないかを確認してから飲んだ。身体が水分を欲していたのか、喉から全身に染み渡っていくような感覚を覚える。

大きく息を吐く。

立ち止まったことで、自分の身体が極度に疲労していることを意識した。

キッチンに倒れている五十嵐の遺体には、テーブルクロスがかけられてあるが、膝から下は剝き出しになっていた。死臭が漂ってきたような気がして、口で呼吸をする。

薫は疲れて重くなった身体を揺すった。この疲労のお陰で、心に堆積《たいせき》した恐怖を真正面から受けずに済んでいるような気がした。

「秘密の通路を見つけたら、どうするの？」

赤川は額に浮かんだ汗を手で拭い、勝木に訊ねる。

「……今までの遺体には銃器が使われた形跡はなかった。犯人が複数いたとしても、銃器を持っていなければ、反撃できる可能性もある。ともかく、早く相手の手の内を知って、この状況を打破するつもりだ」

「僕は戦力にはならないけど、まぁ、勝っちゃんがいれば安心だね。百人組手とかしていたもんね」

赤川の言葉に、勝木は頭を掻く。

「いや、あれは若かりし頃のことで……」

「でも、今でも五十人くらいはやれそうじゃん。僕なんか、ほら、自分の体型を維持することで精一杯だよ」

言いながら、手で腹をさする。絵に描いたような肥満体だ。自分の体型すら維持できていないだろうとツッコミを入れたくなったが、止めておく。

「ただ今のところ、どうやって殺害したのか分からない」

殺害方法。

これについて、薫はずっと考えていた。

人を殺そうとすれば、必ず抵抗される。声を上げる場合もあるだろう。だが、不思議なことに、遺体は損傷が激しかったが、防御創のようなものは認められなかった。

不意打ちなら、抵抗される確率は低くなる。しかし、その不意打ちの痕跡もなかった。

単独犯の場合は難しいだろう。

つまり、複数犯である可能性が高い。ただ、なんの抵抗もさせず、声も上げられない手早さで人を殺すには、いったい何人必要なのだろうか。大人数であることは間違いないだろうが、その場合、目撃される可能性がある。いったい、どうやって誰にも見られず、抵抗される隙を与えずに犯行を重ねているのだろうか。

――幽霊のしわざ。

そう考えてしまったほうが説明しやすい状況だったが、人間が犯人に決まっている。

なにかしらの方法があるはずだ。

探索を再開する。

ピアノバーも妙なところはなく、細工の痕跡も見当たらなかった。

キッチンを調べ始めると、すぐに赤川が大声を発した。

「ちょっと来てください！」

手招きしている赤川に連れられ、奥へと向かう。

一坪ほどの冷凍庫の扉が開いており、中に倒れている人影があった。西多摩だった。

「扉を開けたら、この状態でした」

赤川は言う。

薫は、遺体を確認する。

蹲《うずくま》るような格好をした西多摩は、なにかしらの液体をかけられているらしく、髪や睫《まつげ》が凍っている。外傷らしきものはない。防御創もなかった。

手に、カードが握られている。

〝7％〟と書かれてあった。これで、〝3％〟、〝1・56〟、〝11％〟と合わせて四枚。三人の被害者に、行方不明の三宅。ジェネレーション・ミーの生存者は、海原と美優、そして菅野の三人だけになってしまった。

「カードに書かれた数字、まったく意味が分かりませんね」

赤川が眉間に皺を寄せながら言う。この数字の意味を解くことが状況を打開する手立てになるとは思えないが、犯人がなにかを伝えたいのはたしかだ。

ヒント、なのだろうか。

カードが見つかった順に意味があるのか、それとも、殺された人間に紐付《ひもづ》けられた関連数字なのか。

薫は〝7％〟と書かれたカードを見る。なにかの割合を示しているのは間違いない。それと、一つだけ異質な〝1・56〟について考える。これだけは割合ではなく、数字だ。しかも、小数点。溶けてデッキに沈んだようになっている遺体を思い出す。ほかの遺体と違い、口の中がただれていた。これは、なにか意味があるのだろうか。いや、関係ないだろう。燃えたり、溶けていたり、焼き付けられた服だけが見つかって身体が行方不明になったり、凍っていたりしている。すべてが異質で、むしろ口の中がただれているのが些細《ささい》なことのように感じる。

「……ここで殺されたと思う？」

冷凍庫の中で凍り始めている西多摩を見ながら、薫が言う。

その問いに、赤川はかぶりを振った。

「こんな場所で犯人と鉢合わせした可能性は低いでしょうし、ここまで西多摩くんを追い込んで殺したってのも無理筋だと思います。叫ばれたり、反撃される確率が上がりますし、時間をかけていたら、目撃者が出てしまいますからね。どこかで殺されて運ばれてきたというのに一票です」

「私も、そうだと思う」勝木は同意し、続ける。

「そうなると、ますます秘密の通路が必要になる。遺体を運ぶのは、なかなか骨の折れる作業だから」

「まるで遺体を運んだことのある言い方だなぁ」

赤川の茶化すような口調に、勝木はにやりと笑う。

「遺体じゃないが、稽古で相手が失神したときによく運んだからな」

「出た、クマ殺しの勝！」

赤川が囃《はや》す。

薫は勝木の強さを頼もしく感じると同時に、無理に場の空気を和ませようとしている赤川にも感謝の念を覚える。赤川のキャラクターが、この状況下では救いだった。

皆で冷凍庫の中を確認するが、秘密の通路はなかった。

キッチンの探索を再開する。

「……そもそも、どうして一度に何人も殺さず、目撃者を作らないようにしたり、一人ずつ殺したりしているんだろ」

薫は床を足で踏み込みながら、素朴な疑問を口にする。いったい、どういう意図があるのだろうか。

「……恐怖心を煽るためとかですかね？」

赤川が答える。

「そんなこと、する？」

「さぁ、どうでしょう」

赤川は、大げさに肩をすくめてみせた。

――恐怖心を煽る。

一度に殺すよりも一人ずつ殺していったほうが、残された者に対して効果的な恐怖心を煽ることができる。

それが真実だとしたら、犯人はジェネレーション・ミーに相当深い恨みを抱いていることになる。この大舞台を用意し、一人ずつ殺し、しかも謎のカードを残して混乱させている。

そこまでの殺意。犯人像が、まったく見えなかった。

ただ、犯人は分からなくても、犯人の動機を探ることは可能だ。そこから、犯人像を辿ることもできるかもしれない。

「やっぱり、吐かせよう」

薫は頷きながら言う。

「なにを吐かせるんですか？」

赤川は、肩に乗せたカナリアの頭を撫でながら訊ねる。

「ジェネレーション・ミーが、いったいなにをして恨みを買ったのかを知れば、犯人像が見えてくるかもしれないでしょ」

赤川は下唇を出して目を細める。そして、大きく頷いた。

「たしかに、真実を知らないで死ぬより、真実を知って死ぬほうがいいですしね」

「いや、死ぬつもりはない」

勝木は訂正する。その目は、鋭い光を帯びていた。


ピアノバーを出て、客室エリアに向かった。

「菅野くんは、素直に話してくれるとは思えないからなぁ」

赤川がノックしたのは、海原と美優がいた部屋だった。

「すみませーん。赤川でーす。開けてくださーい」

気の抜けるような、間延びした口調。

反応がない。

「どうかしたんですかぁ！」

先ほどの倍の声量を出す。すると解錠する音が聞こえ、扉が開く。

中から顔色の悪い海原が出てきた。部屋の奥に美優の姿もある。

「いやぁ、無事だったんですね。良かった」

笑みを浮かべる赤川に対し、海原は自嘲的に片方の口角を上げる。

「まぁ……一応」

そう言った海原の手には、包丁が握られていた。

部屋の中に入り、鍵を閉めた薫は、海原と美優の前に立った。

「ジェネレーション・ミーがやった悪事を、すべて吐きなさい」

美優に視線を向けて言う。

「急になにかと思ったら、なにを今さら……」

「黙りなさい！」

薫は強い口調で、海原の声を遮る。

――ここは取調室で、これは尋問だ。刑事であることを忘れるな。

心の中で念じ、口を開く。

「私は、美優さんに聞いているの。もう理解しているでしょ。この舞台を用意した何者かは、あなたたちに恐怖心を与えつつ殺そうとしている。犯人は、ジェネレーション・ミーを壊滅させるつもりなのよ。秘密を抱えて殺されるか。秘密を喋って生き残る可能性を少しでも上げるか。美優さんはどちらを選ぶの？」

「……喋ったとして、どうやってこの状況を打開するんですか」

海原が苦々しい口調で言う。諦観したような顔だった。

「私たちは刑事よ。日本の刑事を舐めないで」

この状況下で、刑事という存在は無力かもしれない。だが悪と戦ってきた経験は、無駄にはならないはずだ。

目の前の二人を守れるという保証はない。

自分自身が生き残ることができる確信もゼロに近い。ただ、前に進むのを止めてはいけない。前に進みさえすれば、なにか別の景色が見えるはずだ。

歩き続ける。そして、反撃しなければならない。

生きなければならない。

「そうですよ。僕たちは刑事です」赤川が言う。

「そして、ここにいる勝っちゃんは、百人組手をしたクマ殺しという異名を持つ男です。犯人が誰であろうと、たぶん勝っちゃんが数人は倒してくれますよ。僕も、伊達《だて》に太っているだけじゃないですから、少しは戦力になるかもしれません。この腹には勇気がいっぱい詰まっているんです」

「……いや、それはさすがに脂肪でしょ」

顔を引き攣らせながら海原が言う。

すると、美優が少しだけ笑った。泣きはらした目を瞑り、開く。そこに決意が見て取れた。

「……私が、話すよ。もういいでしょ。このまま殺されるだけじゃ嫌だし」

震える美優の声。

「でも、関係あるわけが……」

「関係あるかどうかはこの人たちが決めることでしょ。私は生きたいから……全部話す」

海原も異存はないらしく、止めようとはしなかった。

美優は、喉になにかが詰まっているかのように顎を上下させる。自白するときの容疑者のような反応だなと薫は思う。

鼻を啜《すす》った美優が、喋ろうと口を開く。

そのとき、悲鳴が聞こえてきた。微かだが、たしかに聞こえた。

皆の動きが止まる。

「……あれ、今のって、菅野の声？」

青い顔をした海原が言う。菅野の声かどうか分からないが、確実に生き残っていて、ここにいないのは菅野だけだったので、そう考えるのが妥当だろうと薫は思う。

慎重な足取りで、菅野の部屋に向かう。

扉の鍵は開いていた。意を決し、扉を開けようとするが、勝木が押しとどめた。

「私が行きます」

そう言い、先に中に入っていったが、すぐに立ち止まった。

「……いない」

勝木が部屋を見回しながら言う。

薫と赤川も、中を確認する。菅野の姿はなかった。

「あっちのほうから聞こえた気もしますね」

赤川は首を傾げながら部屋を出て行く。あの悲鳴から場所を特定できるとは思えなかったが、薫はついていった。

客室エリアを出た赤川は迷いなく歩き、プールエリアに入る。

水の入っていないプールの中に、人が倒れていた。

「……菅野くん」

プールサイドに立っていた美優は座り込み、泣き始める。

「どうして……どうしてなの」

頭を抱えて取り乱している美優の様子を一瞥した薫は、弱気に支配されそうな心を鼓舞し、硬直した身体を動かす。

垂直階段を降りて、仰向けに倒れている菅野の遺体を確認する。

青いシャツの色が濃くなっているのは、出血のせいだろう。胸のあたりが特に濃い。服の破れ具合を見るに、鋭利なもので刺されたのだろう。また、首の頸動脈《けいどうみゃく》も切られたらしく、血が周囲に飛び散っている。腕や手を確認すると、防御創もあった。争った上で殺された推測できる遺体。

明らかに、今まで殺された三人とは状況が違っていた。

「あれ、カードがないですね」

遺体を間近で観察していた赤川が、周囲を見回しながら言う。

カードがない。これも、今までと状況が違う。

「……なんか、計画外に殺されたって感じね」

薫の言葉に、赤川は顔を上げた。

「これって、フィラデルフィア計画とかの状況と一緒？」

「……いや、当てはまるものはない」

勝木が答える。

「ということは、やっぱり計画外の犯行ということだね。ただ、そうだとして、いったいどうしてこんなところで……」顎の肉を擦《さす》りながら、難しい表情を浮かべる。

「犯人と鉢合わせしたか、見てはいけないものを見たか……」

菅野の遺体が、なにかの打開策を講じる一手になるかもしれない。

薫は周囲を見渡すが、犯人の姿も、不審なところもなかった。

再び菅野の遺体を見る。眼球がこぼれ落ちそうなほどに目を見開いている。驚愕しているような表情。

「あれ、海原くんは？」

赤川の言葉に薫は顔を上げる。

そういえば、姿を見ていない。嫌な予感がした。

2

菅野の悲鳴が聞こえ、薫たちが出て行った。

それを見送った海原と美優は、互いの顔を見合わせる。

あの悲鳴は、なにかに驚いただけで発せられるような類いのものではない。菅野の身に何か起こったに違いない。

たぶん、もう殺されている。

そう考えた海原は、身体が震えて仕方なかった。その震えを押さえるため、手で太股《ふともも》のあたりを強く押した。

「私、様子を見てくる」

不意に言った美優は立ち上がった。

「え、危ないって。ここにいたほうがいいよ」

弱々しい声を発する。自分でも笑ってしまうくらい頼りない声。

「でも、行く」

「……僕は待ってる」

その言葉を聞いた美優の目に、一瞬蔑むような色が浮かんだ。口を開いたが、すぐに閉じ、なんの言葉も残さずに部屋を出て行ってしまう。

扉が閉まり、部屋に一人残される。

海原は途端に心細くなる。手の力が弱まり、持っている包丁を落としてしまった。慌てて拾い上げる。

天井から降り注ぐ光を反射した包丁は、この状況では無力に感じる。それでも、なにも武器を持っていないよりはマシだ。

呼吸が浅くなっていることに気付き、意識して深呼吸をした。そして、この部屋を出て行った美優の後ろ姿を思い出す。

はっきりと聞いたわけではないが、美優は菅野のことが好きなようだった。いや、間違いないだろう。傲岸不遜で、常に人を馬鹿にしたような態度を取っているような男に惹《ひ》かれる理由が分からなかった。たしかに、ジェネレーション・ミーでの遊びの中では、菅野が企画することがもっとも刺激的で楽しかった。

ただ、その遊びは、他人を思いやる気持ちが一切ないから思いつくことだ。

他人を思いやる気持ち。

はできない。

海原自身も、そんな柔《やわ》なものは持ち合わせていないので、その点では菅野を責めること
他人なんか、どうなってもいい。自分だけが大切。自分の幸せが一番。

ジェネレーション・ミーのメンバーは、多かれ少なかれこの教典に則《のっと》っている。昔、知り合いにサイコパスと言われたことがあるが、海原自身は、少し違うように思えた。海原は、他人に共感を覚えた。他人の喜怒哀楽を敏感に感じ取ることができた。

ほかのメンバーも同じだろう。

だからこそ、毎回の遊びで、他人に与えた恐怖を感じて楽しむことができたのだ。

他人を蔑み、苛める。その遊びを、自分が守られた立場で実施するのが、この世でもっとも楽しいことだ。いろいろなシチュエーションで、いろいろなゲームをして他人を痛めつける。それは、快楽以外のなにものでもない。これを楽しくないと思う奴は、まだ味わったことがないだけだ。それか、単に嗜虐者の立場に立てない貧乏人。

海原たちは、選ばれた者なのだ。選民なのだ。

それなのに、この状況はなんだ。

まるで、立場が逆転してしまっているじゃないか。

自分が、ジェネレーション・ミーの被害者になったような感覚に陥った。

ふと、この凝った設定も、なんとなくジェネレーション・ミーの遊びに通じるものがあ

る気がしてきた。もしかしたら、これは今まで遊んできた被害者による、仕返しなのだろうか。

いや、そんなことはありえない。

こんなこと、貧乏人にできることではないし、する資格などない。ありえないことだ。

ただ、その考えを完全に払拭《ふっしょく》することができなかった。

ともかく、生きてここから脱出しなければならない。

まだ一日も経っていない。これが一週間も続けば、両親が異変に気付いて捜索願を出してくれるかもしれない。ただ、そんな悠長なことを言っているわけにはいかない。この船を操っている人間が強い殺意を抱いているのは間違いない。

なんとか、生き残らなければ。

——たとえほかの全員が殺されても、自分だけは。

包丁の柄を強く握り、舌打ちをする。静かな客室内に、それは大きく響いた。

背筋が冷たくなった。

だれかに見られているような感覚。不気味だ。

立ち上がった海原は、不安に押し潰されそうになり、迷った末、美優の後を追おうとする。

しかし足から崩れ落ちてしまう。うつ伏せに倒れた。

「……え？」

おかしい。身体に力が入らない。

視界が霞《かす》む。意識を保とうとしたが、抗いがたい強大な力が、海原に重くのしかかった。

鼓膜が破れそうな強い耳鳴り。頭の中でドリルが回っているように感じる。

息が苦しい。

がちゃん。

なにか、鉄と鉄がぶつかったような音が聞こえてきた。

朦朧《もうろう》とする意識の中、なんとか目を開く。

客室の扉は開いていない。

なんの音だ。

そのとき、人の気配がした。何者かがいる。身体を動かすことができないので、誰なのか分からなかった。

助けて。

僅かに口がパクパクと開閉するだけで、声が出ない。

カードのようなものが落ちてきた。

しかし、それに手を伸ばすことが出来ない。

呼吸が、できなくなった。

第四章

1

海原がいないことに気付いた薫は、プールから出て駆け足で部屋に戻った。

鍵のかかっていない部屋の扉を開ける。ベッド付近の床に、海原がうつ伏せに倒れていた。こちらに顔を向け、ほとんど白目を剝いていた。

「大丈夫？」

声を掛けながら身体に触れる。反応がない。揺すっても同じだった。

死んでいるのは間違いない。

外傷は見当たらない。死因不明。

遺体から少し離れた場所に〝20％〟と書かれたカードが落ちていた。

これで、五枚目だ。

〝3％〟、〝1・56〟、〝11％〟、〝7％〟。そして、今回の〝20％〟。

「なんの割合だろう……」

薫は必死に考える。

最初に思い浮かんだのは、罪の割合。ただ、すぐにその考えを打ち消す。そんな感傷的なことのはずがない。

カードの数字を見ても、ジェネレーション・ミーのメンバーは一人として反応を示していなかった。つまり、ジェネレーション・ミーが犯した罪と数字に関連はない。個人のなにかを示すものでもないだろう。

このカードの数字を解くことが、こちら側のメリットになるのだろうか。この舞台がゲームのようなものだと考えると、五つの数字を足したり掛けたりしたら、なにかが見えてくるかもしれないが、その場合はお手上げだ。薫は算数が苦手だった。

この船で、数字を使う場所について考えてみる。数字によって突破できるエリアがあるのかもしれない。数字で認証される場所――いや、そんな場所はなかった。

駄目だ。カードの数字の謎がまったく解けそうにない。

隣に立つ勝木が、額を掻きながらカードを見つめていた。

「3%……そして、最大で20%。遺体の近くに置いてあるということは、殺し方に関係するのか。1・56……この数字、なにかで見覚えがあるな……」

顔をしかめていた勝木は、やがてギブアップしたように天を仰いだ。

「ははっ……」

遺体から一番遠くの位置に立つ美優が、渇いた笑い声を上げた。今やジェネレーション・ミーの唯一の生き残り。

「やっぱり、あの子の仕業なんだ……」

先ほどまで泣いていた美優の顔から表情が消え、淡泊になっている。目が虚《うつ》ろだった。ストレスに耐えきれず、感情が壊れたかのように見える。

「あの子って、青いドレスの子？」

薫は、慎重な口調で訊ねる。

首だけを動かした美優は、口元を綻ばせる。

「桐岡佳菜子っていうの。青いドレスを着ていて、死んだ子」

「……死んだ？」

「そう。死んだの」

冷笑に近い笑みを浮かべた美優は、爪で頭皮を強く掻いた。ガリっという音が聞こえてきそうな強さで、爪を食い込ませる。

——ピィ、ピューーイ。カナリアが鳴く。

「私たち、金持ちの集まりなの」

「知ってる。ジェネレーション・ミーでしょ」

「そう。最初はネーミングセンスがダサいって思ってたけど、すぐに気に入った。名前も、メンバーも、遊びも面白かったし」

「遊び？」

「そう、遊び。なんていったらいいのかなぁ。私たちみたいに、欲しいものは大体手に入れられる人生を送っていると、暇になってくるの。刺激も慢性化すると退屈になるっていうか。ともかく、もっともっと刺激が欲しくなる。人って、そうでしょ？　この人生をより楽しく、より刺激的に生きたい。それで集まったのが、私たちなの。ジェネレーション・ミーは、人を使って遊ぶ仲間なの」

　話が見えてこない薫は、眉間に皺を寄せる。

――ピィ、ピューイ。カナリアが鳴く。

ゆっくりと歩き出した美優は、ベッドに腰を掛ける。どこかを見るともなしに見ている。目の焦点が合っていないように感じた。

「ジェネレーション・ミーのメンバーは、毎回順番にターゲットを決めるの。要するに、遊ぶための玩具《おもちゃ》を、一般人の中から選んで、そして、人目を気にしなくていい別荘とか、匿名性の高いホテルに招待する。そこで、玩具にして楽しむの。たとえば、死ぬほど酒を飲ませてプールで泳がせたり、通電させて踊らせたり。一般人の女にクスリを飲ませた上で、男たちは強姦《ごうかん》とかしてたときもあるけど、それはあまり好きじゃなかったな。でも、楽しかった。私は、見る専門だったからなにもしていないけどね。人の不幸は蜜の味っていうでしょ？　人の絶望って、蜜よりももっと中毒性が高い麻薬みたいなものなの」

まるでそれが免罪符であるかのように美優は言った。

「もちろん、楽しんだ分の報酬は払ったよ。一般人が一年間必死で働いて得られる以上の金を渡した。それで、誰も不満を言わなかった。泣きじゃくっていても、恨みを抱いていても、結局は金で癒やされるんだよ、一般人って。金のない貧乏人って。金さえ渡せば、尻尾を振ってくるの」

胸くそ悪くなった薫は、美優を睨みつけながら口を開く。

「……その人たちは、承知の上でやられているわけ？」

「そんなわけないじゃん」美優は一蹴する。

「私たちの仲間になりたくて、呼ばれて浮かれている一般人に絶望を味わわせて、金の力で黙らせるの。金で操れる人間って、見ていて結構楽しいものよ。この世は金がすべてでしょ」

「……訴えられたりしないの？」

「報酬を渡してるから。しかも、証拠はないし」

「……報酬という名の口止め料ね」

「口止め料……まぁね」

今度は粘度のある笑い声を上げた。

「で、一般人で定期的に楽しんでいたんだけど、あれはどのくらい前だったっけ。忘れちゃったけど、一人だけ、死んじゃったんだ。自殺したの。たぶん。あ、事故かも。ともかくそれが、桐岡佳菜子って子」

「……桐岡佳菜子と、青いドレスになんの関係が？」

「それはね。私たちの仲間になれたと勘違いしたあの子が、菅野の別荘に来たときの格好。一生懸命に着飾った、安っぽいドレスが青だったの。あのときの主催が菅野だったんだけど、かなり過激な内容を企画してた。菅野って、結構エンターテイナーでね。毎回いろいろなシチュエーションを用意して、玩具を使って楽しむの。あのときは、暗くした別荘内であの子が逃げて、ジェイソンマスクをつけた私たちが追うっていう設定。それで、見つけたらスタンガンで通電させるって感じ」美優は目を細くする。

「要するに、少し過激な鬼ごっこね。悲鳴を上げたら一点、泣き出したら二点、失禁したら五点って感じのゲームにして、それで、捕まえるごとにクスリを飲ませて罰する。でも、あの子、ゲームの内容を知った途端逃げ出しちゃって、それで、別荘の裏手にある崖から落ちちゃったの。頭から落ちて、即死。だから、ゲームはできずじまい。結局、菅野の知り合いのヤクザにお願いして証拠隠滅をしてもらったんだ。まぁ、菅野自身がヤクザみたいなものだから。海原、とっても悔しがっていたんだよね。知ってる？　海原って人の死体に興味がありまくって、そんな写真ばっかり集めていたし、遺体を見たいためだけにインドに旅行に行っていたりした変人なんだ」

薫は頷く。海原の遺体好きは知っていた。

美優は手入れの行き届いた眉を上げる。

「桐岡佳菜子の遺体は崖の下に落ちちゃってたから、間近で見ることができないって海原はしょげてた……あぁ、話が逸れた。ともかく、遺体は見つからないように処理した。現に、警察に疑われたことは一切ない。でも、あの子が耳につけていたアサギタテハのピアスが一つなくなっていたらしくて。それが、どうしても見つけられなくて。でもこの船にあって、なるほどって思った。やっぱりあの子の幽霊が、私たちに復讐しているんだって」

強く頭を掻きむしった美優は、爪についた赤い血を舌で舐めた。

――ピィ、ピューイ。カナリアが鳴く。

「あのさ、ここって、幽霊船なんでしょ？　もう生きてここを出るなんて無理なんでしょ。もう疲れたからさ。もういいよ。早く殺してよ！」

いきなり激高した美優は立ち上がり、喚《わめ》きはじめる。

「一般人のくせに私たちを殺すなんて最悪！　ふざけんなよ！　あんたが勝手に死んだんじゃん！　マジふざけんな！　なんなのよ！」

大きく口を開けて髪を振り乱す姿は、薫に恐怖を抱かせるものだった。

「なんなのよ……」

ひとしきり悪態を吐いた美優の声が、徐々に弱くなっていく。そして、ついには泣き出した。精神状態が極限に達しているのは明らかだった。

突然、カナリアの鳴き声が止まった。

「え？　どうしたの？」

赤川が、肩に乗るカナリアを見る。

先ほどまでずっと鳴いていたのに、唐突に沈黙した。そして、しきりに首を左右に振っている。なにかに警戒しているような動作だった。

「……明神礁に、かなり近づいているのかもしれないな」

勝木の呟きに、赤川は身体をのけぞらせた。

「ど、どういうこと？」

「三十年くらい前まで、カナリアは有毒ガスの検知用として炭鉱夫が炭鉱に持ち込んでいたんだ。カナリアのほうが人間よりも早く検知する能力があるからね。一九九五年にオウム真理教の施設を強制捜査したとき、捜査員がカナリアを携行しているのがニュースに映っていたが、あれも毒ガス検知のためなんだ。今、このカナリアが鳴かなくなったということは、火山のガスを検知したのかもしれない」

薫の全身が粟立《あわだ》つ。やはり、この船は明神礁に向かっていたのか。このままでは、海の藻屑となってしまう。

「……早く針路を変えなきゃ」

「そうですね。操舵室に乗り込みましょう」

勝木は指の骨を鳴らす。瞳に闘志が宿っている。

「あ、僕、ちょっと用事を済ませてきますので、先に行っていてください」

唐突に言った赤川は、弱っている様子のカナリアを床に置いて足早に部屋を出ていってしまった。体型に似合わぬ、俊敏な動きだった。

「なんなの……」

こんなときに単独行動を始めたことに腹が立ったが、今は操舵室に乗り込むことが先決だった。

「あいつには、あいつの考えがあるんでしょう」

信頼していることが読み取れる穏やかな口調だった。

「我々は操舵室に向かいます」

「わ、私も行く」

荒い呼吸を繰り返していた美優が、青くなった唇を動かす。

勝木を先頭に、薫と美優が続く。赤川はなにをやっているのだと腹が立ったが、なにか理由があるのだろうと無理やり思うことにする。

エントランスを経て、プールエリアに入った。プールの底に倒れている菅野を一瞥する。ジェネレーション・ミーの悪行が本当だとしたら、あまり同情できないと思いつつ、それでも殺人は犯罪だ。刑事として、私情を挟むべきではない。菅野を殺した人間の罪を白日の下にさらさなければならない。

だが、どうして菅野だけはオカルト要素のない遺体になっているのだろうか。不思議だった。

デッキに出た三人は操舵室に向かう。

階段を上り、扉の前に立った勝木が腕を組んだ。

「さて、ここをどうやって突破するか……」

固く閉ざされた扉は、強固な造りをしている。体当たりでどうにかなりそうなものではない。

ここを抜けなければ、船の針路を変更できない。

薫はなにか方法はないかと考えながら取っ手を握り、押してみる。やはり、びくともしない。

よく見ると、扉と壁が溶接されていた。

そのことを指摘すると、勝木は目を大きく見開いた。

「……犯人がこの先にいるとしても、この扉は使われていないということですね」

溶接部分を手で触りながら勝木が言う。

やはり、別のルートがあるのは間違いない。

薫は頭を絞る。

考えろ。考えろ。

このままなにもせず死ぬなんて耐えられない。

なにか異常なことはないか。すべてが異常で、その異常に紛れてしまっている違和感はないだろうか。

考えろ。思考を巡らせろ。知恵を絞れ。生きることにしがみつけ。

ふと菅野の遺体が頭に浮かぶ。

やはりあの遺体は変だ。ほかの遺体は外傷がないのに、菅野だけは防御創がある。

計画外の、突発的な殺人。

あの場に居合わせたことで起こったと仮定すれば、あの場所は犯人にとって都合の悪い場所だったということだ。

プールは、水を溜めるためにフロアよりも下に掘っている。

「……下?」薫は目を見開く。

「船ってたしか、何層かに分かれていますよね。一階とか二階とか、もしかしたら下に通路があったりしませんか」

「……つまり、上下の階が犯人の移動手段と考えたわけですね」勝木が応じる。

「上から降りてくる可能性もあります。この船は天井の高いエリアが多いため、降りる場合は梯子《はしご》などが必要でしょう。侵入するたびに梯子を隠さなければならない手間がありますし、誰かに見つかるリスクも高い気がしますが、無理ではないと思います」一度口を閉じた勝木は、考えるように視線を漂わせてから再び喋り始める。

「……ただ、上からよりも、下からの侵入のほうが安全でしょうね。見られる心配は低くなりますし、カーペットなどで進入路を隠すことができますから。でも、下はないでしょう。踏んだりして確認しましたが、どこも同じ音でした。隠し通路があれば、そこが空洞になっているので音が変わるはずです。それに、我々が行き来していたエントランスは一階です。つまり、一番下なので抜け道を造ることは……あっ」話すのを止めた勝木は、口をぽかんと開けた。そして、ゆっくりと点頭した。

「いや、もっと下があります。船底です」

「船底、ですか」

　やや興奮気味に勝木は続ける。

「どうして気付かなかったのか……船が転覆しないのは、船底の役割が大きいんです。沈没を避けるために二重構造になっています。船底内部は適切な大きさに区切られていて、コンテナ置き場として使われたり、燃料や清水のタンクが設置されているんですが、海水を出し入れして姿勢を調整するバラストタンクとしても使用されているんです。このエリアに通路を造るのは可能ですし、隠し通路で一階と船底を行き来するのは容易かと思います。その仮定ならば、どこも音が同じだったのは頷けます。船底は、その性質上、空洞ですから」

薫は、身体が火照るのを意識する。

プールは、フロアよりも下に掘られている。あの場所からなら、苦労せずに出入りができるだろう。菅野は、その通路を見つけたのかもしれない。もしくは、通路を通って出てくる人間を目撃して殺された。

あの突発的で無計画に思える遺体の謎の解釈として成り立つ。

記憶を呼び起こす。水の入っていないプール。普通ならば入り口とは思わない、隠し通路があるのか。そんなものはない。あれは、ただのプールだ。

諦めそうになった薫は、眉間に皺を寄せる。

あるものが、ないような感覚。

あのプールは、どこか妙だった。

なにか――。

「……排水溝」

薫はぽつりと呟く。

普通、プールの側面や床には、水を抜く排水溝があるはずだ。それなのに、あのプールには排水溝がなかった。犯人は、あるはずの排水溝を通路として加工して、目立たないように作り替えたのではないか。

薫は走り出す。

階段を駆け下りデッキを抜け、プールエリアに到着する。

垂直階段でプールの底に降り立つ。

青い側面には、上下一メートル間隔で、浅い溝が走っていた。このせいで、パネルを貼り付けたように見えた。

プールの底など普段見ないし、意識しない。今もどんなものだったか思い出せないが、水を抜く場所がないのは不自然だ。

薫は、どこが入り口なのかを考えてから、目を見開いて絶命している菅野が凝視する先に向かう。

側面に顔を近づける。僅かに窪《くぼ》みがあった。爪を引っかける。簡単には外れなかったが、一度持ち上げるようにして爪を使って引くと、扉のように開いた。菅野の視線は、残されたダイイングメッセージだったのか。

暗い口が開く。

「……ここが通路だったんですね」隣にいた勝木が声を発する。

「私が先に行きます」

そう言うと、ナイフを構えながら中に入っていった。

大きな空間に、空中回廊が広がっている。回廊の幅は、人一人が通るのに十分な広さだった。ただ、天井は低く、背伸びすれば頭が擦れそうなほどだった。

等間隔に電灯が配置されていたので歩きやすい。回廊の周囲に広がる空間は暗く、どこまで広がっているのか把握できなかった。

真ん中に薫、三番目に美優が続く。

回廊の途中の天井に、小さな扉があった。そこを開けてみると、エントランスへと出ることができた。薫は手を伸ばし、腕の力を使って登る。タイルカーペット一枚分の大きさの扉。タイルカーペットなら切れ目があっても自然だ。

再び回廊へと降りる。回廊は所々で分岐しており、天井に設置されている扉は、かなりの数がありそうだった。おそらくこれらの扉を開ければ、すべてのエリアに通じるのだろう。

犯人の移動方法は分かった。

ただ、疑問は残る。この隠し通路を使って殺人を繰り返していたのは分かったが、相手をどうやって無力化したのか。悲鳴や叫び声を発する暇を与えずに人を殺害するには、いったいどんな方法があるのか。

「ここ、なんですか？」

振り返ると、赤川が立っていた。

「ど、どうしたの？」

警戒しつつ薫が言う。

「どうしたもこうしたもないですよぉ」赤川は泣き出しそうな声を上げる。

「部屋に戻ったら誰もいないですし、探し回っていたらプールの底に入り口ができていますし、よく分からない通路を歩いていたら驚かれますし……驚きたいのはこっちのほうですよ」

赤川は額から流れる汗を手で拭う。全身が汗だくだった。それに、よく見ると服が汚れている。

「……それ、血？」

袖や腹のあたりが赤くなっていた。くすんだ赤。

「違いますよ」

「じゃあなによ」

「いやぁ、ちょっと」

なぜかはずかしそうな顔をしていた。

「……そもそも、単独行動でなにをしていたの？」

「いやぁ、それもちょっと」

「なんで言わないのよ」

声を荒らげそうになったが、そんなことをしている暇はないと思い直す。

目的地に急がなければ。

「ここがエントランスということは……」

頭の中に船内の構造を思い浮かべるが、よく分からなかった。

「操舵室は、あっちです」

勝木が指差す。薫が想定していた方向とは逆だった。

「え、どこに行くんですか?」

話についてこられない赤川を無視して、薫は歩き出す。

空中回廊の先に螺旋《らせん》階段があった。階段へのルートの先にも道は続いていた。

「位置的に、この上が操舵室ですね」

勝木が上を見上げながら言う。

「あっちは?」

赤川が無邪気な声で聞きながら指差す。

「……なんだろう。方向的には船の中央部分だから、エンジンルームだろうな。機関室ってやつだ」

「機関室……」
赤川は渋い顔をする。なにを考えているのか、さっぱり分からない。
今は、一刻も早く操舵室を占拠し、船の針路を変えなければならない。
勝木を先頭に階段を登っていくと、扉が現れる。
この先が、操舵室。
薫の鼓動が早まる。向こう側に、この船を動かしつつ殺人を起こしている人間がいる。
心臓の高鳴りで、肋骨《ろっこつ》が痛く感じる。
いったい、どんな人物なのか。
取っ手に手を置いた勝木は、皆の顔を見てから頷き、そして一気に扉を開けた。
勢いよく中に入り、襲撃に備えてナイフを前に出して身構える。
そのまま、硬直した。
「……え？」
勝木が拍子抜けしたような声を出す。
反応が変だ。
不審に思いつつ、ナイフを構えた薫も中に入った。
「え？」
目の前に広がる光景を見て、呆気《あっけ》にとられる。

薄暗い操舵室には、誰もいなかった。

それどころか、船を操縦するような設備がほとんど備わっていなかった。

空っぽ。その表現がしっくりくる。

自動操縦という言葉が頭をよぎったが、ここにある設備で船を動かすのは到底無理だろう。

「……どういうこと?」背後にいる美優が、震える声を出す。

「これって、やっぱり幽霊船ってことだよね?」

薫は、なにも答えることができなかった。

先ほどまで、幽霊船などという非現実的な可能性は排除しようと意識していたが、目の前に広がる光景を見た今、幽霊船なのかもしれないという気持ちが急激に心の内に増殖してきていた。

操舵室の中を見て回る。

各所が傷み、埃をかぶっている。ずっと使われていないのは明白だった。窓から外を見る。進行方向や左右を確認できる。むしろ、ここ以外からの操縦などできない。ここよりも高く、見晴らしの良い場所は、この船には存在しない。

操舵室の扉は、やはり溶接されていた。

溶接した理由は分からない。

そして、この操舵室の存在意義も不明だ。

船底からここに到着できるということは分かった。問題は、ここに入ったところで船の操縦ができないということだ。

混乱しすぎて、頭痛がしてくる。

「……この船、どうやって動いているの？」

薫の口から、自然と言葉が転がり出てくる。

操舵室を沈黙が包み込む。

依然として船は走っている。いったい、どうやって走っているのだ。どうやって操縦しているのだ。

「遠隔操作でもしているんですかね」

赤川が呟く。

薫は一瞬信じそうになったが、すぐに顔を横に振った。

「こんな大きなものを遠隔で操作するなんて出来る？」

「……それなら、やっぱりこの船は幽霊船かもしれませんね」

顔を引き攣らせた赤川が言う。

「そんなわけ……」

否定しようとした薫だったが、語尾が萎む。操舵室の状況を見た今、その可能性を否定できなかった。

「ここ以外に、操舵室になるような場所はあるのかなぁ……」

赤川が誰に言うともなく呟く。それを勝木が拾った。

「当然、操舵室は船の一番見晴らしの良い場所にある。だから、ここにあってしかるべきだし、ここではない場所に設置するなんて考えられない。ここより見晴らしのいい場所はないはずだ」

「じゃあ、どうやって船を走らせてるのさ」

「それが分からないから、困っているんだ」歩き回りながら答えた勝木は、壊れた航海計器に寄りかかる。

「お手上げだ。敵が人間か幽霊かは分からないが、勝ち目がない」

肩を落とした勝木は、うなだれた。美優は呆然と立ちつくしている。薫も戦意喪失していた。到底勝ち目はない。犯人によって抵抗する暇もなく殺されるか、このまま明神礁に到着して船ごと沈むのか。どちらにしても、死は避けられないだろう。

どんどん呼吸が浅くなっていく。酸素を吸い込むことができない。まるで身体が死を感じ、生きるために必要なものを放棄し始めているかのようだった。

死を覚悟する。いや、覚悟なんてできるはずもない。

まだまだ、人生が惜しかった。

こんなときに思い浮かぶのは、元夫に罵倒された記憶だった。子供が産めないのかと失望され、人格を否定され、攻撃され、ぼろぼろにされた。

悔しかった。元夫からの言葉も、今の状況も。

死ぬなら、幸せになってから死にたかった。良い人生だったなという思いを抱きしめながら、この世から消えたかった。

「羽木さん、諦めたら駄目ですよ」

一瞬幻聴かと思ったが、違った。

赤川は、まっすぐに薫を見つめていた。

「諦めたら駄目です」赤川が続ける。

「刑事は、諦めたら駄目なんです。刑事は、諦めないことが仕事なんです。刑事に諦めるという選択肢はありません。諦めたら、被害者の人にあの世で怒られますよ。いつも課長にどやされているみたいに」

「……いや、いつも怒られているのは赤川でしょ」

薫は言い返すが、自分の中でなにかが息を吹き返していくような感覚を覚えた。

赤川は、諦めていなかった。

それが、とても腹立たしかった。

——赤川のくせに。

薫は、眉間に皺を寄せる。

動け。動け。進め。進め。

立ち止まったら駄目だ。ともかく、動くんだ。闇雲でもいい。ともかく前へ。動けば違う景色が見える。待ち受ける景色は、最悪である可能性が非常に高い。それでも、万に一つということもある。

背筋を伸ばした薫は、目一杯空気を吸い込み、吐き出した。酸素が全身を巡っていくのが分かるような気がした。

酸素を吸い、二酸化炭素を吐き出す。

――二酸化炭素？

薫は目を見開く。唐突に頭のシナプスが繋がった。

「……どうして、被害者は抵抗できずに殺されたんだろう」

その問いに、赤川は眉根を顰める。

「ですから、分かりません。でも、幽霊の仕業だとしたら簡単ですね。姿が見えないですから。気付かれずに犯行に及ぶことができます」

真面目な顔で答える。

幽霊の仕業と考えれば、説明がつく。なにせ、ここは幽霊船なのだ。あらゆる事象を幽霊の仕業と言ってしまえば、すっきりと収まりがつく状況なのだ。幽霊によるものだと思ってしまう条件が、この船にはありすぎる。

それが、隠れ蓑《かくれみの》の役割を果たしていたのかもしれない。思考停止の一因になっていたのかもしれない。

人間でも、相手に気付かれる猶予を与えずに殺すことができる。人間でも見えないものを使うことはできる。

見えないものは、なにも幽霊だけではない。

「現実的に、幽霊の仕業なんてありえない。でも、空気を使ったらどう？」

「……空気ですか？」

「そう、空気。空気は目に見えない。あくまで推論だけど、カードに書かれた〝%〟が空気の濃度だとしたら……」

「そうか！」勝木が興奮気味に大声を発する。

「犯人が残したカードに書かれた数字は、炭酸ガスの濃度のことだったんだ」

「……炭酸ガス？」

赤川が首を傾げる。

「甲板の下にある船倉……貨物などを積んでいる場所のことだが、その船倉で火事が起きたら、炭酸ガスがその区画に噴き出すようになっているんだ」

「炭酸ガスって、二酸化炭素？」

赤川の問いに、勝木は頷く。

「酸素を取り込んで火は燃える。だから、船内での出火を検知すると、炭酸ガスをその船倉に噴き出すような設備が船にはあるんだ。水と違って貨物を濡らさずに消火できるから、船倉用の消火装置としては炭酸ガスを使うんだが、これを改良して、各エリアで炭酸ガスが噴き出るようにしているんじゃないか。船は浸水というリスクがあるゆえに、区画をしっかりと分けるという考え方がある。浸水しても区画で抑え込むことができれば、沈没を避けられるからね。ちなみに、客船を組み立てるときは、あまりに巨大なので、一度にまとめて造るようなことはせず、いくつもの輪切りになった胴体を造り、それぞれを接合するんだ。船というものは、そもそもが区画単位で構成されているともいえる」

口早に言った勝木は、咳払いをする。

「ともかく、カードに書かれた数字は、炭酸ガスの濃度だと考えれば説明がつく。うろ覚えで申しわけないが、炭酸ガス中毒は、３％から４％で目眩や吐き気がして、それ以上だと意識を失う。20％なら、数秒で死に至る可能性がある。つまり、そのカードに書かれたパーセンテージは、被害者に浴びせた炭酸ガスの濃度を示しているんじゃないか。あくまで推論だが、たとえば、どんどんと濃度を高くしていって、被害者が無力化したときの数値をカードに書き込んでいるとか」

「でも、夏帆さんの遺体の近くにあったカードには、〝１・５６〟と書かれてあったけど」

「これも説明できる」勝木の瞳は、爛々《らんらん》と輝いている。

「夏帆さんの遺体を思い出してくれ。身体が溶けて、甲板に沈んでいるような異様な遺体だったが、もう一つ、口の中が爛《ただ》れていた。これは、夏帆さんの口にドライアイスを含ませたんじゃないかと思う。比重１・５６のドライアイスは固体二酸化炭素だ。犯人はむしろ、〝１・５６〟という数字をヒントとして、我々に提示していたのかもしれない。凶器は、目には見えない炭酸ガスだったんだ」

言い終えた勝木は、反応を探るように皆の顔を見回す。

その推論には一定の説得力があった。どうやってドライアイスを口に含ませることができたのかは不明だったが、炭酸ガスを使って意識を奪えば、犯行に及びやすくなる。そもそも、炭酸ガスで殺害もできる。海原の遺体は、フィラデルフィア計画になぞらえたものではなかったので、ガスで殺されたのだろう。

薫は口を開く。

「犯人は、船底を通路にして人知れず移動して、船特有の消火設備である炭酸ガスを使って犯行に及んでいるということですね」

「そうです。船の構造を巧みに使っていたんです」自信を持って頷いた勝木だったが、すぐに険しい表情に変化する。

「ただ、それが分かったとして、現状を打開する手立てにはなりませんね……」

たしかに、殺害方法が分かったところで、船から脱出できるわけではない。

ただ、犯行に及んだ方法は判明した。犯人は、炭酸ガスを使って意識を奪ってから相手に接近し、燃やしたり、溶かしたりしたのだろう。その際、犯人はガスマスクかなにかで防備していたはずだ。そうしなければ、犯人自身にも被害が及ぶ。

なにか、引っかかる。

ガスマスク――。

あと少しで、なにかが分かるような気がしたが、その一手を摑むことができなかった。

薫は歯を食いしばった。

今なお、この船は明神礁に向かっていると考えられる。まずは、脱出を第一に考えなければならない。

誰もいない操舵室を見ると、幽霊の仕業と考えたくなってしまう。ただ、それは弱気になっているからだ。知恵を絞れ。立ち止まるな。死んだら、否応なしに考える必要もなくなる。

死ぬ前に、頭をフル回転させるのだ。

犯人は船の構造を上手く使っている。それならば、操舵室がここにないのも、なにか船の構造を使ったトリックなのではないか。

勝木の言うとおり、犯人はカードを残すことで、船の仕組みに注目しろと伝えているのかもしれない。理不尽極まりない状況下だったが、犯人はカードを提示するという譲歩を示している。最初は恐怖心を煽るための小道具かと思っていたが、あれはヒントだ。

やはり、犯人にとってこれはゲームなのだ。

それならば、自分たちもゲームとして考えればいい。

操舵室は、見晴らしの良い場所に設置される。船を操縦するなら、当然周囲が見渡せる場所が適切だからだ。

だったら、この場所より見晴らしの良い場所を探せばいい。

そんな場所はない。

本当にそうだろうか。もっと高く、もっと見晴らしの良い場所はないだろうか。

目を瞑り、船の構造を思い出す。

船首ではためいている旗。

甲板。

操舵室。

客室エリア。

――その上に、天高くそびえ立つ構造物。

「……三本の煙突」薫は呟く。

「煙突なら、操舵室より高い場所にあります」

「でも、煙突は排気ガスや蒸気を外に出すのが役割ですよね。そんな場所に操舵室を造るなんてできるんですか」

赤川の指摘はもっともだった。

現に、デッキから見上げたとき、煙突からは白い煙が出ていた。

やはり、違うのか。

そう思い落胆する。ほかになにも思い浮かばなかった。

肩を落とした薫に、勝木の声が届いた。

「いや、できるかもしれません」自信に溢《あふ》れた口調。

「煙突は船内に設置された複数機関から伸びている排ガス管を集約して、排ガスを大気に放出させることが本来の機能ですが、それだけじゃないんです」

一度言葉を止めた勝木は、喉仏を上下させた。

「沈没したことで有名なタイタニック号には煙突が四本あるんですが、実は三本でも機能上は問題なかったらしく、一本足したのは見栄えをよくするためだと聞いたことがあります。煙突の立派さが豪華客船の性能を証明すると考えられていたからで、ノルマンディー号という船は、三本の煙突のうち一本がダミーで、その内部は家畜の収容所になっていたんです」

家畜の収容所として使えるならば、かなりの広さだろう。

「それなら、このコトパクシ号の三本の煙突のうちの一つが操舵室という可能性はありますか」

「十分にあるでしょうね」勝木は悔しそうな顔をした。

「どうして気付かなかったのか……」

「まだ、そうと決まったわけじゃないからさ」

なぜか赤川が宥めていた。

ともかく、前に進むしかない。薫は、怖じ気づきそうな気持ちを無理やり奮い立たせる。エントランスに戻るつもりはなかった。犯人が炭酸ガスを使っている可能性がある以上、一階のエリアは危険すぎる。

抜け殻の操舵室を出て、階段を降りて船底に戻る。

「この先ですね」

赤川が指差す方向を見る。明かりが点在しているが、薄暗かった。

「私が先頭を」

煙突の可能性に気づけなかったことがよほど悔しかったのか、勝木は下唇を噛んでいた。

だが、煙突がダミーだという知識があっても、まさかそこが操舵室になっているなんて気づけるはずがない。

通路を進む。

いつ、前方から敵が現れるか分からない。つきまとう恐怖心のせいか、とても長い時間を歩いているような錯覚に陥る。おそらく、船尾近くまで来ているのではないか。そう思っていると、鉄製の頑強な扉が現れた。見るからに重そうな扉で、到底蹴破れそうにないのは、試してみるまでもなかった。

ここが閉まっていたら、万事休すだ。

勝木が取っ手に手をかける。

薫は、開けと心の中で念じながら目を瞑る。

カチャリと、小気味よい音が耳に届いた。

一瞬の安堵。そして、更なる緊張。

勝木の後に続き、中に入る。

予想どおり、そこは機関室だった。モーターやエンジンの機械音が空間を満たしていた。コントロールパネルには、ボタンやツマミが並んでいる。なにを計っているのか分からない多くのメーターの針が、微妙に振動していた。

沈黙していた操舵室と違い、ここは動いていた。黒く汚れた軍手などが床にいくつも放置されていた。

超常的な力によって動いていたわけではない。当然のことだったが、薫は少しホッとした。

部屋の中央には、軸のようなものが回転している。その先端に、船を動かすプロペラがついているのだろうか。

「やはり、この船は炭酸ガスを使った消火設備を採用していますね。高膨張泡消火装置がないですから」

　薫の隣に立った勝木が言う。

「……高膨張、なんですか？」

「インサイドエアー式の高膨張泡消火装置は、消化液と海水の混合液で、それが泡になって消火する仕組みです。昔から用いられている炭酸ガスの消火装置は、乗組員への二次被害の可能性もありますし、ハロンガスによる地球温暖化の原因にもなりますから、最近の船は高膨張泡消火装置が使われることが多いんです。でも、この客船は古いですから、昔のままなんでしょう」

「なんで、そんなに船のことに詳しいんですか。民俗学って、船の素養が必要なんでしょうか」

　鳥島からこの船に来る際のモーターボートの扱いも上手だったし、客船の知識も豊富だった。

「そりゃあ、僕と勝っちゃんはオカルト好きですから」赤川が横入りしてくる。

「オカルト好きは、設定を重視します」

「オカルト好きの赤川も、船に詳しいの？」

「いえ、全然詳しくないです。どうやって船が動いているのかも不明です」

「……どうして詳しくないの？」

薫が指摘すると、赤川は困り顔で頭を掻く。

「勝っちゃんは幅広い知識の持ち主ですが、僕の専門は、空なんです。未確認飛行物体。いわゆるＵＦＯですね。ですから、もしＵＦＯに攫《さら》われるような機会があれば、僕の出番ですよ」

そんな出番はないと薫は断言したかったが、無視した。

無視された赤川は、再び機関室の捜索を始めた。部屋の隅に、心細そうに美優が立っている。不安に押し潰されそうな顔をしていた。それもそうだろうなと薫は思う。

唯一の生き残り。ジェネレーション・ミーの悪行を聞いた後では、同情はしづらい。だが、どんな悪人でも、法の統治下にない断罪は、悪であり、私刑は法治国家では許されていない。

「こちらが煙突に続く道ですね」

勝木が指差す方向に目を向ける。ずいぶんと細い道だった。人一人がようやく通れる狭さだ。そして、その道は船首へと延びている。

「いきましょう」

赤川が呑気な声を発する。行きましょうと言ったのだろうが、薫には、生きましょうと聞こえた。

狭い通路を進む。

左右と上方には、大小の管が這《は》っていた。

コトパクシ号の煙突は三つ。そのうち、船首に一番近い煙突の扉に辿り着いた。ここがもっとも見晴らしのいい煙突だ。普段は頻繁に人が通る場所ではないせいか、扉が低く、薫でも屈《かが》まなければ頭をぶつけそうだ。

この扉の先に、いったい何人の敵がいるのか見当もつかなかったが、このまま死を待つくらいならば、抵抗を試みたかった。まだ死んでたまるかという気持ちを、手に持つナイフに込める。

勝木がゆっくりと扉を引いた。三分の一ほど開けたところで、蝶番《ちょうつがい》が錆びているのか、不快な金切り声のような音が出た。

勝木は一気に扉を開けて入るが、すぐに動きを止めた。

薫は中を覗き込む。

そこにはなにもなかった。いや、操舵室がないだけで、無数の排ガス管が天に伸びている。つまり、煙突は通常の機能を担っていた。油や鉄、なにかが燃えたような臭いが鼻を突く。

ここにも、操舵室はなかった。

通常あるはずの操舵室よりも見晴らしの良い場所は、船首に一番近いこの煙突だけだ。つまりここにないということは、どこにも存在しないということなのか。

脚の力が抜けて、その場にへたり込む。

「次に行きましょう」力強く言った勝木が、手を伸ばしてくる。

「まだ探す場所はあります」

その言葉に、薫は瞬きをする。

「でも……」

「ここには、あと二本の煙突があります。今の造船技術なら、この規模の客船でも煙突は一本で足ります。つまり二本目と三本目の、どちらかに操舵室があるかもしれません。いえ、ここじゃなければ、おそらく三本目が操舵室です」

勝木の言葉を聞いても、薫の動揺は収まらなかった。

三本のうち周囲を見渡すことができるのは、船の進行方向からもっとも近い、この煙突だ。

薫の心に生じた疑問を感じ取ったのか、勝木は頷いた。

「デッキからだと分かりにくかったと思いますが、船尾に近い三本目の煙突だけが突出して高いんです。複数の煙突を持つ客船でも、煙突の高さは同じなのが普通です。三本の高さを段にするのなら分かりますが、一番後ろの煙突だけを高くするのは不自然です。つまり、高くしなければならない理由があったということです」

「……三本目の内部に、操舵室があるってことですか」

「この煙突になければ、その可能性は十分にあります。もしそこにも操舵室がなかったら、ここは幽霊船です。諦めて呪い殺されましょう」

そう言った勝木は、無理におどけたような表情を浮かべる。それを見た薫は、笑うほどの余裕はなかったが、少しだけ気持ちが落ち着いた。

一本目の煙突から出て、三本目に向かう。途中の二本目の煙突の内部も念のため確認したが、そこにも排ガス管が詰まっていた。この煙突も使用されているらしく、機械音が聞こえた。

「……二本の煙突を使うということは、かなりの排気ガスが出ているということですね。この船が思った以上に重いか、想像以上に重いものを運んでいるのかもしれません」

重いもの。

もしかしたら、通行できないエリアになにかが入っているのかもしれない。でも、いったいなにが。

この船はなにを積んでいるのだろうか。

「残り一つですね。早く行きましょう」

赤川の言葉に、薫の思考が中断される。

皆で、顔を交互に見る。どの顔も恐怖で青くなっていた。

慎重な足取りで進む。

三本目の扉も、ほかの二本の煙突と同じだった。ドアノブに手をかける。この扉だけは、音もなく開いた。

その先には、これまで見た煙突とはまったく違う光景が広がっていた。

排ガス管が一切ない空洞の煙突内には、計器の類いがぎっしりと並んでいた。そして、複数のモニター。そこには、船内の様子が映し出されてあった。

ここから船内の様子を確認していたのだ。

ただ、一見しただけではここが操舵室かどうか分からなかった。操縦する舵のようなものもなければ、周囲が壁に囲まれており、外も見えず薄暗い。乗ったことはなかったが、潜水艦の中はこんな感じなのだろうと想像する。

視線の先に、人影があった。

薄暗い上に、顔がなにかに覆われていたが、それが誰なのか、薫には確信に近いものがあった。今まで感じた違和感が、一人の人物を浮かび上がらせる。

「……近藤夏帆。あなたなんでしょ？」

薫の言葉に対して人影からの反応はない。

「なに言っているんですか。夏帆さんはデッキで溶けていたじゃないですか」

赤川の言葉を無視した薫は、人影を睨みつけながら続ける。

「異常な状況だったから冷静な判断ができなかったんだけど、ジェネレーション・ミーの中に共犯者がいるのはほぼ間違いない。だって、この船がジェネレーション・ミーのメンバーを殺害するために用意されたのなら、絶対にここに誘導した人間が必要だから。それで、今まで船で起きたことを整理してみた」

薫は、拳を握る。

「この船は限られたエリアにしか入ることができない。最初は、大人数が集まることのできるエントランスにいた。そこからレセプションエリアに行き、朝食が用意された部屋に入り、エントランスに戻ってから、ピアノバーやプールエリアへと向かった。思い出してほしいんだけど、これらのエリアに繋がっている扉のすべてを、近藤夏帆が開けていることに気付いたの。それって、我々を誘導してたんじゃない？」

問いに反応することなく、人影は微動だにしない。

たしかにこれだけでは弱い。たまたま開く扉を発見したという可能性はある。

だが、ほかにも根拠があった。

「もう一つ。遺体の近くに残されたカードが炭酸ガスの濃度を示していた。つまり、炭酸ガスで被害者を無力化して、その後にフィラデルフィア計画になぞらえて殺害し、カードを置いたと推測できる。これらを見つかる前に素早く実行しなければならないとなると、犯人は炭酸ガスの充満した空間に足を踏み入れるという危険な行動をせざるを得ない。炭酸ガスの濃度が薄まっているかを確かめている暇はないはずだから、犯人はガスマスクを付けていた可能性が高い。そこで思い出してほしいんだけど、一人目の被害者である五十嵐くんの焼死体が発見される前、近藤夏帆が化粧を直しているのを菅野が指摘していたの。近藤夏帆は、この船に乗る前も常に化粧を直しているようなタイプだった？」

　薫が訊ねると、美優は首を横に振った。

「この状況下で化粧を直す必要はないとそのときは思ったけど、ガスマスクをつけていたのなら、その痕跡を消すために化粧を直したと考えられる。デッキで溶けていた遺体についても、個人を特定できるものは身につけていたアクセサリーと服だけだったから、別人の可能性もある。つまり、自分が自由に動けるようになるための、ブラフ。青いドレスを着て、桐岡佳菜子の呪いだと思わせるために」

　脆弱《ぜいじゃく》な仮説に基づく推測。

　この主張が正しいかどうかは分からないが、可能性は十分にあると思った。

　薫の見解を聞いた人影が、前に進み出る。そして、顔を覆っているガスマスクを取った。

　近藤夏帆だった。青いドレスを着て嬉しそうな笑みを浮かべている。

「……夏帆？　どうして？」

震える声を発した美優が一歩前に歩み出る。すると、夏帆がそれを声で制止した。

「美優、これ以上近づいたら殺すからね」

そう言った夏帆は、右手を挙げる。花でも差し出すような優雅な動作。ただ、手に握られていたのは拳銃だった。暗くて分からないが、ここで偽物を出すとは思えない。

「やはりあの遺体は別人だったのね」

薫が問う。

「ええ。あの遺体は響よ」

「……え？　響？」

響と聞いて、すぐに薫は思い至る。永福響。新聞社の専務の娘。

デッキで溶けていたのは、ジェネレーション・ミーで唯一不参加だった永福響だった。

いや、現に遺体があるということは、この船には、ジェネレーション・ミーが全員集められていたということだ。

「なんで響が⁉　どうして⁉」

「まぁまぁ、落ち着いて」

夏帆は美優に銃口を向けながら、落ち着かせるような声を発する。右耳のアサギタテハのピアスが揺れた。ロイヤルスイートのベッドの上にあったものと同じだ。

「この船を出航させたときに、響はすでに乗っていたの。たぶん、一週間くらい前から。

ここにみんなが乗り込んできたときもまだ生きていたんだよ。あの子、会社にも所属していないし、一人暮らしだったから、一週間くらい行方不明になっても全然問題なかったわ。死んだのは、さっき。身体を拘束して、ドライアイスを口に含ませてから中毒死させて、デッキで溶かしたから」

「あのカードに書かれた数字は、やはり炭酸ガスの数値だったのね」

薫の問いに、夏帆はにんまりと笑った。

「そうよ。よく気付いたと思う。しかも、しっかりとこちら側の意を汲んで、あの数値が単に炭酸ガスを表しているのではなく、船の構造を考えなさいっていうヒントだとも気付いた。ジェネレーション・ミーの奴らと違って、頭を使ってくれて嬉しかった。ここまで用意したゲームなんだから、ちゃんと理解してもらわなきゃ。隠しマイクで話している内容を聞きながら、真相に辿り着けずに全員殺されちゃうんじゃないかって、やきもきしたわ」

愉快そうな声。

「でも、あなたたちが乗船したのは偶然。本当は想定外だった」

声色が平坦になる。感情を持たないロボットのような口調だった。

「ジェネレーション・ミーの奴らが乗船してから、船を動かすまでの間にあなたたちがやってきた。まさか、無人島に人がいるとは思わなかったし、しかも船に乗り込んでくるなんて考えもしなかった」

心外だと言いたげに肩をすくめた。

薫は、あれはまだ昨日のことだったのかと驚く。いろいろなことがありすぎて、時間が長く感じられた。救命いかだが船の近くに浮かんでいたので、てっきり船から逃げだそうとしているのかと思った。そして、鳥島への上陸を手助けするために船に向かったのだ。あのとき、その選択をしていなかったら、こんなことに巻き込まれてはいなかった。

「船が出るまでに、ここまで操船してきた従業員の一部が脱出したり、朝食を用意したりと手間取っていた隙に乗って来ちゃったから、もうびっくり。船が動き出すのが準備完了の合図だったんだけど、従業員が手間取っていたから、異物であるあなたたちが入り込んでしまったってわけ」

「……従業員って？」

「私の部下というか、そんな感じ。今回のために金で雇ったのよ。まぁ、従業員は先ほど全員脱出したから、もうこの船にはいないけどね。残っているのは、私たちだけよ。本当は、最初に私と思わせた響の遺体をデッキに置いて、私は自由に身動きするつもりだったんだけど、五十嵐が一人になるタイミングがあったから先に殺しちゃった。そこらへんは、臨機応変にね。こういうのって、百パーセントの準備をしていても、必ずなにか不測の事態が発生するから、チャンスは逃さないほうがいい。そのせいで化粧を直す羽目になって、あなたに不審に思われたのは誤算だったけど」

　まるで、仕事の話をしているかのような口ぶり。

　それに、従業員という言い方が、この状況にそぐわない。

「脱出したっていうと、この船には、ほかに誰もいないんですか」

　赤川の問いに、夏帆は視線を上げる。

　よく見ると、煙突の壁に階段が螺旋状に這っており、上へと伸びていた。そして、その階段の途中に、人影を認める。

　壁に服が焼き付けられて行方不明になっていた、三宅だった。一切の感情を表に出さず、冷たい視線で薫たちを見下ろしている。暗がりにいるので人形ではないかと疑ったが、手を握ったり開いたりしているところを見ると、やはり本物のようだ。

「……なんで？」

　目を瞬《しばたた》かせた美優が呟く。

　夏帆は、注意を戻すように手を叩く。

「どう、驚いたでしょ？　三宅には、今回の催しに協力してもらったの。協力してもらったというよりも、餌として使わせてもらったって感じかな」

「……餌？」

　薫は眉間に皺を寄せた。

夏帆は口角を上げる。目が獲物を物色するような鋭い光を帯びていた。

「ジェネレーション・ミーが、山での遭難事故で三宅に見捨てられて、二人が死んだ。その一件があったから、菅野が復讐しようって言い出したの。皆は賛同したわ。自分を殺そうとした奴がのうのうと生きているのが許せないってことで、結構過激な殺し方とかも考えたんだ。でも三宅も馬鹿じゃないから、そのことを感じ取って、私たちに近づいてこなかったの。そもそも、殺そうと思っていた奴らと一緒にいるなんて、居心地が良いものじゃないしね。それからしばらくして私が三宅に逆にあいつらを殺そうってもちかけたの。小笠原の別荘を格安で売っていることを菅野に知らせて、上手いこと買わせたのも私。そもそも、あの別荘を売り出したのは私なの。それから、三宅を殺すための宴が開かれた。そとくに菅野は、三宅を殺すのをとても楽しみにしていたのよ。本当は私に殺される宴だってことにも気付かないって救いようのない馬鹿よね」吹き出すような笑い声を上げた夏帆は続ける。

「でも響はなにかを感じ取ったのか、小笠原旅行の少し前に急に行きたくないって言い出したから、ちょっと拉致して船に乗せて、私の身代わりの駒にしたの。予定外だったんだけど、結果的には良かった。私が死んだことにして途中退場したほうが、なにかと動きやすかったし。実際に計画を楽に進めることができたし。何カ月もかけて準備したの。結構凄くない？　でも、菅野に見つかったのは痛かったなぁ。あいつにも凝った殺し方を考えていたのに、あんな不格好な感じになっちゃったし、あいつのせいで秘密の通路も見つかっちゃうし。あ、操舵室を見たときどう思った？　絶望したでしょ？　真相に辿り着く能力があれば、絶対に操舵室に行くと思っていたから、わざわざ通路を作ったの。絶望するように。ねぇ、あのときは絶望した？　幽霊の仕業だと思った？」

場にそぐわない明るい口調だった。今回の計画内容を話したくて仕方ない様子で、やや早口になっていた。

薫は混乱する頭を整理するよう努める。

今回の一件を画策したのは夏帆で、三宅はそれに加担した。三宅を殺す名目で集めたジェネレーション・ミーを、夏帆たちが殺すという計画。

コトパクシ号と名付けた客船を用意し、メアリー・セレスト号を模した朝食を用意し、魔の海と呼ばれる洋上で、フィラデルフィア計画をなぞって次々とメンバーを殺していった。

ここまでは、夏帆の言うとおりなのだろう。

だが大きな疑問が横たわっている。どうして、こんな大掛かりな仕掛けを用意することができたのか。そして、殺害の動機だ。

「……どうしてこんなことするの？」

震える声を発した美優が、夏帆に向かって言う。

「ほらほら、近づかない」

注意するが、美優の耳には届いていないようだった。

「どうしてよ！　ねえ！　どうしてなの⁉」

美優は問いながら、なおも近づいていく。

「なんでこんなことするの⁉　私たち、友達でしょ？　ねぇ、なんでよ！」

夢遊病者のような覚束《おぼつか》ない足取りで、美優は進む。

「美優？　近づかないでって言ってるでしょ？」夏帆は不満そうな表情を浮かべる。

「……まぁ、もういいか。全部ネタバレしてから殺してあげるつもりだったけど、おかしくなっちゃったか」

冷めた視線を向けた夏帆はため息交じりに言うと、引き金を絞る。

耳をつんざくような音の後、美優の呼吸が漏れた。

後ろに倒れ、仰向けになる。

一瞬、なにが起きたのか分からなかったらしい美優だったが、すぐに状況を理解したらしく、首に両手を当て、身体から流れ出ていく鮮血を止めようと必死になる。

「かっ……こっ」

喉を吹き飛ばされているので、声ではなく、空気が漏れるような音だった。

「あれ、頭を狙ったんだけどな」

残念そうな口調。

「がっ……がっ……」

眼球が飛び出そうなほど目を大きく見開いた美優は、空気を出す。

「あ、がっ……げっ、っげ」

美優が床でのたうつ姿を見た夏帆は、笑い声を上げる。

「なに言ってるか全然わからなぁい」

本心から楽しんでいるかのような声色だった。

恐怖に凍り付いていた薫だったが、倒れ込んだ美優に駆け寄る。

「動かないで」

夏帆の声が耳に届くが、薫は無視する。次の瞬間には殺されてもおかしくない状況。しかし拳銃から弾が放たれる様子はなかった。

「大丈夫⁉」

声を掛けるが、すでに美優は目を開けたまま絶命していた。生前の面影が一切感じられない、恐怖と苦痛に満ちた顔。生気を失ったガラスのような瞳には、血が滲《にじ》んでいた。

憤りを覚え、頭に鋭い痛みが走る。

立ち上がった薫は夏帆を睨みつけるが、当の本人は余裕の表情を浮かべていた。

「どうせ殺すつもりだったから、面白い方法で処理したかったけど、今のもなかなか悪くなかったからいいか」

「……どうして、こんなことをするの？」

　理解できなかった。夏帆は、どうしてこんな大掛かりな舞台を用意して、殺人を犯しているのか。こうも簡単に、仲間を殺害するのか。

　夏帆は小馬鹿にしたような調子で鼻を鳴らした。

「どうもこうもないわ。私の大事なものを奪ったのが奴らで、私はその復讐をしているだけ。復讐は、大事なものを奪われた者の特権よ」

「復讐？」

　これも復讐なのか。

　山で遭難したときは、三宅が皆を置き去りにした。そして、その一件が原因で、三宅を殺そうと集まった。それにもかかわらず、夏帆と三宅が結託し、ジェネレーション・ミーのメンバーを殺していった。

　渦巻く悪意に、気分が悪くなる。

「大事なものって、いったいなんなんだ。ここまでする必要のあるものなのか」

　勝木が批難するような口調で言う。

　夏帆の顔が歪む。

「必要のあるもの？　いま、必要のあるものって言った？　当たり前じゃない！」

声を荒らげたが、すぐに、自分を落ち着かせるように深呼吸をした。

「私には、どうしても復讐しなければならない動機があったの。それが、これ」

青いドレスを指で抓み、首を傾げる。社交場で優雅な挨拶でもしているように見えた。

「……桐岡佳菜子」

薫が呟くと、夏帆は頷く。

「そう。彼女が、動機」

桐岡佳菜子。

「……その子が殺されたから、復讐したっていうの？」

「そうよ。殺されたから、私は佳菜子になりきって、佳菜子の生まれ変わりになった。そして、青いドレスを着て、復讐を果たした。不遇の死を遂げた佳菜子は、海の底から這い上がって、この船で幽霊となってジェネレーション・ミーのメンバーを殺していった……面白い趣向でしょ？」

面白いはずがあるか。歯を食いしばった薫は、夏帆を殴りつけてやりたかった。いや、殺意すら覚える。

「でも菅野の別荘に、あんたもいたんじゃないのか？　彼女の殺害にはあんたも参加したんじゃないのか？」

勝木が問うと、夏帆は口をへの字に曲げる。

「そんなわけないでしょ。私が菅野の別荘に行ったのは、佳菜子が死んだ日の朝なの。あいつらは私が来る前に佳菜子を苛めて、翌日来た私の反応を楽しもうって魂胆だったみたい。でも、佳菜子が死んじゃって予定が狂った」

「……どうして、そんなことを」

「菅野は私が佳菜子と付き合っていたことを知って、面白がって佳菜子を別荘に誘ったんだってさ。菅野が佳菜子に、私のサプライズパーティをしようって提案したら、喜んで来たって言っていたわ。菅野と私、仲が悪かったから、仕返しのつもりだったみたい。でも、佳菜子が死んだことで状況が変わった。奴らは別荘に佳菜子が来たことを隠そうとして証拠隠滅を画策したんだけど、私が部屋の隅に転がっていたアサギタテハのピアスを見つけて、問《と》い質《ただ》したの。そうしたら、遊ぶ前に自殺したって。だから、菅野が伝手を使って遺体を海に沈めたって。そんなの絶対おかしいじゃん。自殺？　自殺なんて、信じられるわけないじゃん！」感情を抑えきれなくなった様子の夏帆は、歯を剝き出しにする。白く、綺麗に並んだ歯。

「結局美優を問い質して、真相を教えてもらった。美優自身は佳菜子で遊ぶのに反対したって主張していたけど、実際はノリノリだったたって、後から菅野に聞いたわ。ともかくその場で全員を殺してやりたかったけど、なんとか我慢したわ。殺せる算段もなかったし、殺すなら確実にしたいし。それで、そのときは自殺なら仕方ないねって納得したふりをして、楽しそうなふりまでした。佳菜子は青いドレスを着たまま、海の藻屑になった。絶対に浮かび上がらないようにしてもらったんだって。そのことを愉快そうに語る菅野を見たとき、私は佳菜子になって復讐しようと決意したの。あんなに、あんなに好きだった佳菜子が殺されたのよ！　私が理想とする、完璧な容姿の佳菜子が殺されたのよ！　私のものになったのに、殺されたのよ！　復讐してなにが悪い！」

夏帆が吠える。

「……どうして、警察に連絡しなかったの？」

薫の声が震える。夏帆の、佳菜子に対する愛情が、異常に思えた。

その問いに、夏帆は吹き出す。

「ちょっと待って。それ、本気で言ってんの？　警察に連絡して、なんになるの？　塀の中で数年過ごして、外に出たら元の金持ちの生活に戻るだけでしょ？　自殺したことが認められたら、刑期なんてたかが知れてるし、もしかしたら不起訴になるかもしれない。そんなこと許せない。だから、時間をかけてじっくりと舞台を用意したの。それで、数カ月かけて、計画を整えた。私が佳菜子になって、佳菜子が受けたであろう恐怖と絶望と苦しみを奴らに与えたのよ。コトパクシ号とかメアリー・セレスト号をなぞった舞台にしたのは、私のちょっとした遊び心」

桐岡佳菜子が行方不明になったことで、捜索願は出されたのだろうか。ただ、出されたとしても事件性がないようならば、警察もそれほど本気になって捜さない。日本の年間の行方不明者数は八万人を超える。その中の一件になっている可能性はある。

「どうして、わざわざそんなに時間をかけて……」

純粋な疑問だった。

大切な人を奪われたと知ったら、すぐに行動を起こしそうなものだ。一秒でも早く復讐したいというのが普通なのではないか。それなのに、何カ月もかけたのは尋常ではないように感じる。

夏帆は首を横に曲げた。首が折れたのかと思うほど、真横に。

「金持ちになる秘訣《ひけつ》って知ってる？　もちろん、もともと恵まれているとか、才能があったとか、そういった努力ではどうにもならない要因が有利に働くのは真実よ。でも、金持ち全員がそういうわけじゃない。もっとも大切なのは、目標に向かって絶《た》えず努力して、到達するためにじっと我慢して、根回しを怠らず、持ちうる環境を最大限活かして、チャンスをものにできる人。その上で自分の感情に振り回されず、自分のメリットになるよう計算ができる人。私には、それができた。その才能があったし、その努力ができた。だから、ここに立っているの」

そこまで言った夏帆は、大切なことを思い出したかのように点頭する。

「あ、それと、金持ちっていう種族の、もっとも特徴的な資質だけど、私たちって、尊厳を傷つけられたり、自分が持っているものを奪われるのが大っ嫌いなの」

声は穏やかだったが、決然とした強い眼差しだった。まるで瞳の中に炎を内包しているかのようだった。

薫は、背筋に数多《あまた》の虫が這っているような不快感に襲われる。胃が引き攣り、内容物がせり上がってきそうだった。

夏帆にとって、佳菜子は大切な人だったのだろう。その人を奪われたことに対しての復讐だったという主張は、嘘ではないと思う。

だが、奪われたことに対する意趣返しという気持ちが、復讐よりも大きな動機である気がしてならなかった。

大切なものを奪われたから、命を奪うことで清算させる。

「あいつは、別荘での出来事に参加しなかったのか？」

勝木が三宅を指差す。

夏帆は目を細めた。

「佳菜子が殺されたのは、山での遭難の後。ジェネレーション・ミーのメンバーから三宅が外れていた時期に起こったの」

それで、共犯関係になったわけか。

動機は分かった。しかし、客船を用意する必要性が分からなかった。時間をかける理由があるとしても、ここまでの大舞台をどうやって準備したのか。そもそも、数ヵ月で用意などできるのだろうか。

「どうしてこの船を準備できたのか、知りたいんでしょ？」

夏帆は目を細める。視線が瞳を通じて身体の中に入り込んできたような感覚に襲われ、薫は身震いした。

「ここまで辿り着いたご褒美に、ちゃんと教えてあげるわ」そう言い、拳銃の銃口を愛おしそうに撫でた。

「エコマフィアって、知ってる？」

知らない言葉だった。赤川と勝木も分からない様子だ。

「警察も、意外と不勉強なのね。イタリアが特に有名なんだけど、マフィア型犯罪組織による核廃棄物の違法投棄が問題視されてきたの。彼らはイタリア国内を始め、ヨーロッパ内で発生した放射性廃棄物を、船に満載したうえで船ごと沈めるという方法で金儲《かねもう》けをしているって、けっこうあっちでは有名なんだよ。二〇〇四年に発生したスマトラ島沖地震で起きた津波で、ソマリアの浜に大量に毒性の高い化学物質を含む廃棄物や破片が打ち上げられたみたい。放射性廃棄物を船ごと海に捨てることがビジネスになるのかって思うでしょ？　でも、なるの。武器や麻薬の売買に匹敵する利益を上げているって報告もあるくらいだし、ともかく、放射性廃棄物って、捨てるコストが膨大なの。それに、日本だって、一九六九年まで、微量の放射性廃棄物を日本周辺の海域に投棄していたの。今だって、世界中で原発処理水を海に流しているし。これも知らない？」

説明を終えた夏帆は、質問を求めるような視線を向けてくる。

薫は、冷や汗が止まらなかった。震える唇を動かす。

「……それって、この船に放射性廃棄物を積んでいるってこと？」

「そうね。とっても割がいい仕事。私は、もっともっと金持ちになりたいから、私も、この事業に参入したの。イタリアで商売していて、ちょっと裏の人と仲良くなってね。この船に乗ってた従業員もそこの人たち」あっけらかんとした調子で言う。

「どこもかしこも、捨てられないゴミがたくさんあって大変みたい。私たちの今回の顧客は、公式に発表した数字以上の放射性廃棄物が出てきてしまって、秘密裏に処理したいからって、とんでもない金額を積んできたの。金があるところにはあるんだよね、この世界って。それで、トルコ西部のイズミルってところに、豪華客船を解体して部品を売る場所があるんだけど、そこで一隻買い取ってから改造して、いろいろな伝手を使って放射性廃棄物を満載にして、この舞台を用意したってわけ。あいつらを殺して証拠を隠滅した上で金儲けできるし、一挙両得でしょ？」

夏帆は楽しそうな表情を浮かべる。

「私の親は鉱山会社をやっているんだけど、採掘って、昔から荒っぽいところがあって、今もヤクザが鉱山に出資して金塊密輸をシノギにしているケースもあるの。自然、私の親もヤクザとの付き合いがあったし、私もその環境が当たり前だった。輸送のノウハウがあるから、放射性廃棄物を運ぶなんて簡単だった」

「……親も、こんなことをしているの？」

夏帆は首を横に振る。

「放射性廃棄物を扱っているのは親には内緒。これは私の会社のビジネス。たくさん金を稼げる方法があるなら、それを積極的にやっていかなきゃ、この時代で勝者にはなれない」

「この船は、あなたが操縦していたの？」

「放射性廃棄物を満載にした上で、最初は従業員が操縦してきたの。でもこの船に私たちと、あなたたちが乗り込んできた段階で自動操縦に切り替えて、従業員の大半は小型船舶に乗り移って脱出したわ。残りの従業員も先ほど出た」

「……小型船舶？　そんなもの、この船に乗り込むときには海に浮いていなかった」

勝木が指摘する。

薫も見ていなかった。ボートでこの船に向かう間、船影はなかったはずだ。コトパクシ号の向こう側に隠れていたのだろうか。だがその場合は、救命いかだに乗っているジェネレーション・ミーの誰かに気付かれる可能性がある。

夏帆は、含み笑いを浮かべるだけだった。

「さて、ご褒美のネタばらしもしたし、そんなに時間がないから、そろそろ終わりにしましょう」

銃口を薫たちに向けながら、歩き出す。

「分かっていると思うけど、人を殺すことに躊躇はないからね」

ちらりと、絶命した美優の遺体を見てから、笑みを浮かべる。

「撃ち殺してもいいんだけど、やっぱり、放射性廃棄物と一緒に海に沈んでもらうことにするわ。そろそろ、明神礁に到着しまーす」

堪えるような笑い声を上げた夏帆は、本当に楽しそうだった。

薫は、動くことができなかった。ただ、動いたとしても、待っているのは、死だ。どうすることもできない。

「どうやって脱出するんだ」

勝木が、怒気を含んだ声を発した。

　夏帆は立ち止まる。

「ここが操舵室で、この螺旋階段の上が見張り台なんだけど、どうして、こんな場所に操舵室を造ったか分かる？　本来あった操舵室にあなたたちが入ったときの反応を楽しみたかったってのもひとつなんだけど、ここなら、すぐに脱出できる場所だから。不測の事態が起きたときの場合に備えて、退路を近くにおいておいたの」

「……どういうことだ」

「やっぱ、分からないよねぇ」夏帆の細められた目が、三日月の形になる。

「さっき、この船に乗り込んだときには小型船舶が海に浮いていなかったって言っていたけど、実際にそうなの。浮いていなかったの。小型船舶は、この客船から出てきたの」

「……工作船か」

　勝木の言葉に夏帆は瞬きする。

「ご明察。北朝鮮の工作船なんかは、母船の後部に小船を収納しているの。マトリョーシカと同じ要領ね。この船も同じ造りをしていて。母船一つに、小船が三艇収納されているの。この客船の出航後、そのうちの一艇で従業員が脱出して、さっきは残りが出て行った。最後の一艇が、私の脱出用。あなたたちに恨みはないけど、運が悪かったと思って諦めて。明神礁に到達した時点で、船に積んでいる爆弾が起爆することになっているから、一緒に沈没してね」

夏帆が言い終わるかどうかというところで、隣にいた勝木が走り出す。

真っ直ぐに夏帆に向かっていく。かなり俊敏な動き。

このまま反撃しなければ、死は確実だ。勝木は一《いち》か八《ばち》かの賭けに出たのだ。

驚きに目を見開いた夏帆は、一瞬、身動きが取れずに硬直していた。

だが、距離がありすぎた。

銃声が鳴り、勝木が倒れる。

呻き声。太股から血が流れ出ていた。

「ちょっと外しちゃった」夏帆は言い、僅かに舌を出した。

「今死んだら、もったいないよ？　これから、タイタニック号みたいに船が真っ二つになる予定なんだから。それに、あなたは私の好みだから、少しでも長く生きさせてあげる。どうせ死んじゃうんだけどね」

そう告げた夏帆は顔を上げ、銃口を視線の方向に向ける。

「あ、動かないで」

螺旋階段を降り始めた三宅を制止する。

「え？」

なにが起こったのか分からない様子の三宅は、目を大きく見開いた。

「あなたも、ここで死んで」

「……え？　な、なんで……？」

動揺を隠しきれず、声が震えている。

「あなたは、佳菜子が殺された一件とは無関係。でもね、山で遭難したとき、本当に私たちを見殺しにしようとしたでしょ？　いつも私たちに苛められていたからって、殺そうとするのはお門違《かどちが》い。だから、仕返しよ」

拳銃を三宅に向けた夏帆は、躊躇せずに三宅の頭を撃ち抜いた。そして、手をひらひらと揺らしてから、煙突内から出て行ってしまった。

夏帆が姿を消した途端、勝木は立ち上がり、足をかばいながら走って計器を確認した。

「大丈夫ですか？」

薫の問いに頷いた勝木は、歯を食いしばった。

「舵は上だ！」

足を引きずりながら螺旋階段を上がろうとする。薫と赤川が勝木を支える。途中、その場に斃《たお》れた三宅が目に入った。信じられないといったような表情を浮かべ、絶命していた。

螺旋階段の上は、三百六十度ガラス張りになっており、周囲を見渡すことができた。スモークガラスらしく、景色は薄暗くなっていたが、操縦に支障はないレベルだった。外から見たら、煙突の黒い外壁と同化しているはずだ。これなら外からは気付かれない。

「駄目だ。針路の変更はできそうにない」

舵を叩いた勝木が、悔しそうな声を発する。額からは汗がしたたり落ちており、顔色も悪くなっていた。

「なんとかならないの？」

赤川が泣きそうな顔で言うと、勝木は首を横に振った。

「……無理だ。コントロールできない状態になってる」

薫は、死亡宣告を受けたような心持ちになる。

もう、どうしようもない。その場にへたり込むと、今までとは別の、低いモーター音のようなものが聞こえてくる。

立ち上がり、船尾の方角を見ると、小型のホバークラフトがコトパクシ号から出てきて、離れていった。

「宣言どおり、行ってしまいましたねぇ……」赤川がホバークラフトを睨んだ。

「さて、どうしましょうか」

そう言って、床に座り込んでしまう。

「もう、おしまいよ」

声に出したくはなかったが、それしか声にできなかった。

敗北。

死を覚悟しても、なんの感慨もなかった。走馬灯のような現象もなく、あるのは、これから死ぬという漠然とした感覚。いや、それすらも怪しい。自分とは無縁な出来事を眺めているような、ふわふわとした感覚が、全身の力を奪っていった。

だが勝木の呻き声で我に返り、傍に駆け寄る。

「止血しなくちゃ」

そう言い、縛れるものがないかを探す。かなりの出血量だった。

「……いえ、大丈夫です」勝木は、弱々しく笑う。

「どちらにしても、もう……」

それ以上は言わなかったが、言わんとすることは分かった。

勝木は、心の底から悔しそうな顔をする。死を、覚悟したのだ。

その表情を見て、薫も、死を覚悟する。

「あ！」

突然、赤川が大声を上げる。

その声に反応する気力が残っていなかった薫だったが、次の言葉で顔を上げた。

「ヘリコプターですよ！」

赤川が指差す方向を見る。

真っ直ぐ、こちらに向かってきていた。

「た、助けを求めなきゃ！」

薫が立ち上がったが、ヘリコプターはかなり接近しており、今から螺旋階段を降りてデッキに向かったところで、間に合いそうにない。

青いヘリコプターは、もう船に到達するほどの距離まで近づいていた。胴体に警視庁の旭日章《きょくじつしょう》が描かれている。

警視庁保有の〝ＥＣ１５５〟だ。

生存の可能性が、手の隙間からこぼれ落ちていくようだった。

船の上空にさしかかり、そのまま通り過ぎた。

「あぁ……」

息が漏れ、涙が溢れてきた。

歪んだ視界で、ヘリコプターを見送る。

どんどんと小さくなっていく。どんどん——。

——そのはずなのに、そうならなかった。

一度通りすぎたヘリコプターは、やがて船と併走し始めた。

「……どうして？」

理解できなかった。

夏帆のことだ。この船は、しっかりと正式な手順を踏んで航行しているはずだ。不審船ではないなら、ヘリコプターが止まる理由はない。

もしかしたら、ここが航行禁止区域となっているのだろうか。それを気にして止まったのだろうか。いや、ここは注意エリアであって、禁止はされていないと言っていたはずだ。

「あ、僕のお陰かもしれません」

少し誇らしそうに赤川は言い、船首を指差す。

「……なにかあるの？」

目をこらすが、なにもない。

「旗ですよ。旗」

風ではためく旗を見る。まったく注目していなかったが、よく見ると、その旗は不格好な大きさだった。

白地に、赤い〃×〃が書かれてあった。赤はかなり薄かったが、認識はできた。

「さっき別行動したとき、ピアノバーにあったテーブルクロスを使って旗を作ったんです。それで、〃×〃を書いて掲げてみたんです」

たしかに、鳥島で勝木に信号旗について聞いたとき、白地に〃×〃が描かれた旗は〃救援を求む〃という話が出ていた。赤川は、それを覚えていたということか。

「赤い絵の具が見つからなかったので、調味料のケチャップを使いました」

「……どうして、旗を変えることを私たちに言わなかったの？」

意味が分からなかった。

問いを受けた赤川は、虚を突かれたように目を丸くした。

「だって、無駄だと思われたら馬鹿みたいだなって」

赤川は後頭部を掻きながら、照れくさそうに言う。

やはり意味が分からない。

「……意味わかんねぇよ。でも、ヘリコプターがこの船の信号旗を見つけてくれたのは奇跡だ」

立ち上がった勝木が言う。

「いや、奇跡じゃない」赤川は真面目な表情を浮かべる。

「この船が明神礁に向かっていることを聞いたとき、勝っちゃんが鳥島と明神礁と八丈島の位置を教えてくれたでしょ。それで、この三つの場所は直線上にあることが分かったんだ。台風が過ぎ去ったから、今日の朝には鳥島にヘリコプターが迎えにきたはず。それで僕らがいないことが分かって、捜索隊が出たと思ったんだ。普通に考えれば、鳥島とか、その周辺を捜索する。その捜索用のヘリコプターが出るとすれば八丈島からで、最短距離を飛行するから、おそらく鳥島に向かうときに一度は船の上空を通過したはずなんだ」

「……つまり、捜索を切り上げたヘリが戻ってくるときに、信号旗に気付く確率に賭けたってことか？」

勝木の問いに、赤川は頷く。

「この船は明神礁に向かっていた。そして、ヘリコプターは八丈島から鳥島に向かい、そして八丈島に戻る。この三つのエリアが一直線で、その直線上に船がある。だから、ヘリコプターが上空を通過する可能性は高いと思ったんだ」

赤川は、笑みを浮かべた。

三つのエリアが直線上にあったから、コトパクシ号の航行経路と、ヘリコプターの飛行経路が同一になったということか。

〝救援を求む〟という信号旗が発見されたのは、必然。

勝木に肩を貸した薫は、浮かんでいるヘリコプターを見る。

脱力しつつも、全身に血液が循環していくのを感じた。

助かったのだ。

2

日焼けした肌が痛かった。日焼けというのは火傷なんだなと実感する。

薫はあの船での出来事について思い出そうとするが、どうしても上手くいかなかった。

夢で見たことを順序立てて書き起こそうとするときに、詳細が分からなくなるような感覚。ところどころ抜け落ちている。

薫を診察したカウンセラーの言うように、凄惨な出来事や記憶から自己を守るために防衛本能が働いた結果なのだろうか。

ただ、刑事という職業柄、死には慣れている。

むしろ、非現実的な舞台で起こった殺人事件に対し、単純に整理ができていないだけなのではないかと薫自身は思っていた。

立川警察署の刑事課の課長である西宮に受けさせられたカウンセリングは、今日で四回目だった。

とくに気持ちが楽になったような感覚はなかったが、落ち込むこともなくなったので、これはカウンセリングの成果なのかもしれない。

今回の件とは直接関係なかったが、薫はついでに、元夫のことを話してみた。毎晩のように夢を見てうなされること。それが原因かは分からないが、新しい恋愛を急いでいること。

カウンセラーは相槌《あいづち》を打ちながら、解決策を提示することも、慰めることもしなかった。ただ話を聞いてくれた上で、時間が解決するかもしれませんねと根拠のないコメントを言っただけだ。ただ、その発言が薫の気持ちを楽にしたのはたしかだった。今も、元夫から受けた暴言が、深い傷となっている。それでも、少しだけ心が癒えたという感覚もあった。

半年前は、思い出すだけで吐き気がしていたが、今では、胃の不快感くらいに留まっている。次回は一週間後。カウンセラーは二十代の女性だったが、やけに気が合う上、余計なことを言わないので、少し楽しみだった。

——いや、一つだけ余計なことを言っていたのだった。

小綺麗《こぎれい》な病院を出た薫は、捜査車両に乗り込む。エンジンをかけて、しばらくそのまま座っていた。

十六時。夕日が綺麗だった。

船での一件から、半月が経っていた。

コトパクシ号を発見したヘリコプターは、八丈島警察署の鬼山の要請によって捜索したものらしかったが、客船を見つけたのは奇跡に近かった。台風が去った早朝、民間機のヘリコプターが鳥島に薫たちを迎えに行ったものの、無人だったため、パイロットが事故の可能性があると消防に通報。鳥島や、その周辺を捜索したが見つからず、海に落ちて溺れ死んだのではないかという見立てが濃厚になっていた。ただ、鳥島に救命いかだとゴムボートが流れ着いていたのが発見されたため、なにか不測の事態が起きたのではないかと鬼山が主張した。その結果、海上保安庁も出動し、広範囲の捜索が行なわれた。無人偵察機二機と、〝EC155〟一機による捜索。なにを見つければいいのか分からない状況で、広大な海を飛ぶのは、税金の無駄と言われても反論できないものだった。現に一日で捜索は打ち切られ、ヘリコプターは八丈島に戻ろうとしていた。その途中で、コトパクシ号が発見されたのだ。鳥島と八丈島を結ぶ直線上に明神礁があり、その洋上に浮かぶ客船の信号旗が〝救援を求む〟となっていたことにパイロットが気付いたらしい。航行注意エリアだったため、なにかしらの不具合が発生したのかと思ったという。奇跡の上に、赤川が掲げた信号旗が功を奏したのだ。

勝木の怪我《けが》は、命に別状のないものだった。むしろ驚異的な回復を見せて、明後日《あさって》から再度鳥島の調査を始めるらしい。パワフルだなと感嘆する。

あれほどのことがあったのに、薫は問題なく日常に戻ることができた。船での出来事が夢だったのではないかと思ってしまうほど、あっさりと。

夏帆は、あれほどの舞台を用意して、復讐を成し遂げた。純粋な復讐の舞台装置ではなく、経済活動としての側面もあったが、目的を達した。

夏帆の原動力となった佳菜子という女性は、いったいどういう人物だったのだろうか。

薫は、興味本位で殺された佳菜子について調べてみた。同性同名の中から、夏帆と同じ年代と、関東エリアに絞ってみたところ、該当者が一人だけいた。

桐岡佳菜子。生きていたら、二十三歳だ。高校一年生の頃に両親を交通事故で亡くし、一時は親戚の家に身を寄せていたが、高校卒業と同時に一人暮らしを始めた。それからは親戚との付き合いは一切なく、連絡も取っていなかったらしい。当初は、居酒屋やパチンコ店のアルバイトを掛け持ちして生活を維持していたようだ。

更に調べていくと、佳菜子は都内の小さなデザイン会社に就職していた。しかし、突然行方をくらませてしまったという。その会社では以前も同じようなことがあったため、勝手に辞めたのだろうと判断し、特に探そうとは思わなかったという。

失踪の時期は、別荘で殺されたのだと夏帆が主張する時期と一致していた。

念のため、桐岡佳菜子が住んでいたアパートの家主にも聞いてみたところ、突然消えてしまい、行方は分からないらしい。

身寄りがいなかったためか、捜索願も出されていなかった。携帯電話への支払いもされておらず、止められていた。

やはり、殺されたのだ。

菅野が所有している別荘は、全国に五カ所あり、そのどこかで佳菜子は死に、そして、海に捨てられた。深く、とても深く、陽の光が届かない海の底に。

遺体はなく、ジェネレーション・ミーのメンバーは全員この世にいないので、犯罪を立証することはできない。

薫は佳菜子が勤めていたデザイン会社の社長からもらった写真に視線を落とす。

長く、黒い髪。夏帆と同じ髪型だ。二人の顔も、どことなく似ている。

やや面長の、美人。

佳菜子の顔をどこかで見たことがある気がするが、記憶違いだろう。夏帆と顔の造形が近いゆえに起こった勘違い。

「はぁ……」

ため息を吐いた薫は、車を発進させた。今日は赤川に焼き肉をご馳走《ちそう》することになっていた。

立川警察署に戻った薫は刑事課のある部屋に入り、管内で新規の事件が発生していないかを確認する。事件のない、静かな一日だったようだ。こんな日は珍しい。

「早く焼き肉行きましょうよ！」

近づいてきた赤川が、満面の笑みを向けながら言う。

いつもどおり、暑苦しい。事件の前後で体重が三キロ減ったらしいが、この半月で見事にリバウンドし六キロ増量していた。室内なのに汗をかいており、ワイシャツが肌に張り付いている。

この男は、どこまで成長するのか。

「……まだ勤務時間」

顔を合わせずに言い、書類仕事をする。

赤川の信号旗が助かった一因だと聞いたとき、焼き肉をご馳走すると口を滑らせてしまった。その約束を今日果たさなければならない。

すでに捜査を終えた事件の報告書を書こうと、パソコンに向かう。しかし、仕事をする気にならなかった。

「カナリア、元気？」

焼き肉をおごると言ったのに、目の前の席でスナック菓子を食べている赤川に訊ねる。

「あ、元気ですよ。今、お腹空いたって喋らせるよう訓練しているんですが、なかなか覚えが悪くて」

赤川は、顔を綻ばせながら言う。

カナリアは言葉を覚えないはずだ。面白いので指摘はしないでおいた。

コトパクシ号から脱出する際、赤川はカナリアも一緒に連れてきていた。デッキに向かう途中でカナリアが飛んできて、赤川の肩に止まったのだ。これもなにかの縁だということでペットにしている。今では、相当カナリアを溺愛している様子だった。

ヘリコプターで脱出した後、しばらくしてコトパクシ号は爆発した。夏帆の言うとおり、爆発物を積んでいたのだろう。ちょうど、明神礁の海底火山が活発に活動して海水が変色しているエリアだった。また、これは後日分かったことだが、爆発に合わせて周辺の放射線量が上昇したらしい。薫たちに影響はなかったものの、かなりの量の放射性廃棄物があったものと考えられていた。

警察は夏帆が話した内容をもとにコトパクシ号の航路を辿った。トルコ西部のイズミルで解体予定だった客船を使ったこと、そして、改造工事を施した上で、日本を含む四カ国に停泊したことまでは掴めたが、分かったのはそれだけだった。だれが船を購入し、どこで改造したのか分からなかった上、どこでどうやって放射性廃棄物を積んだのかも不明だった。夏帆の会社を調べてみると、ほぼすべての従業員が外国籍で、マフィアと繋がりのある人物もいるようだった。今回のコトパクシ号の一件を手伝った従業員というのも、非合法活動に抵抗のない人物たちだったのだろう。

また、夏帆の父親が経営する会社にも捜査が入ったようだが、まったく情報はなかったということだ。もともと、夏帆の会社と接点はほとんどなかったらしい。

父親の話では、夏帆は再婚相手の連れ子で、金への執着が凄《すさ》まじく、性格も激しかったので持て余していたらしい。夏帆の過去を調べた捜査員によると、人を人とも思わない人物で、問題児だったという証言が山のように出てきたという。また、かなりの秀才で、七カ国語を話すマルチリンガルで、海外での生活拠点も五つあった。収入はかなりあったようだが、口座がケイマン諸島にあったため、入出金の実態把握は今のところ困難だという。

夏帆を重要参考人として足取りを追っていたものの、捜査は難航した。小型のホバークラフトでは遠くに行くことはできないので、途中で船にピックアップされた可能性が高い。当時航行していた船舶を虱潰《しらみつぶ》しに当たっているが、依然として行方は分かっていなかった。

ただ、先日、フィリピンのマニラで発見された焼死体について、日本人女性の可能性があると現地から照会があったらしい。焼死体はばらばらになっており、女性ということはかろうじて分かったが、それ以外は不明。身元が分かるような所持品もなく、日本人女性というのも定かではなかった。それでも、薫はその焼死体が夏帆のものではないかと考えている。焼けた死体の数少ない所持品の中に、蝶のピアスと思われるものがあったというのも根拠の一つだった。それがアサギタテハかどうかは不明だが、こんな偶然はないと感じていた。そして、噂の一つに、焼死体はイタリアマフィアの犯行によるもので、仕事上のトラブルなのではないかというものがあると現地の捜査当局から報告があり、それを聞いた薫は、遺体は夏帆のものだと思った。

　いまのところ犯人は特定されていなかったが、夏帆がコトパクシ号で事件を起こす前に、イタリアで男に執拗に迫られていたという情報もあり、犯人説も出ているらしい。その男は猟奇的な性格で、気に入った人物を誘拐したり、交際中に過剰な暴力を振るったりしていたという。過度な愛情表現に対し、夏帆自身、身の危険を感じていると周囲に漏らしていたという情報もあった。

　マフィアに殺されたか、危険な男に殺されたか。

　どちらにしても、夏帆は死んだという確信に近いものがあった。だがこの確信には希望的観測が多分に含まれていた。

夏帆みたいな人間が、今もなお生きていると考えると恐ろしかったので、殺されたことにしたかった。

ただ、それでも疑問は残る。本当に死んだの？

「羽木さん？」

名前を呼ばれた薫は、身体を震わせる。

赤川が、心配そうな顔を向けてきていた。

「どうしたんですか。なんか、苦しそうでしたけど」

「……なんでもない」

呼吸を整えながら言う。やはり、あのときの記憶は多少なりとも心身にダメージを与えているのだろうか。

赤川は、船上でのことはまったく気にしていないようだ。タフなのか、能天気なのか。薫には計りかねた。

「焼き肉食べて元気出しましょう！　羽木さんのおごりですけどね」

満面の笑みを浮かべ、スナック菓子を頬張る。

「……これから奢《おご》られるのに、そんなの食べていていいの？」

「焼き肉は別腹ですから」

さも当然であるかのような口調で告げる。

呆れつつ、その幸せそうな顔を見た。

赤川とは刑事課の後輩として、さまざまな事件を共にしてきた。これまで印象に残ったものは、医師一族の大豪邸での事件と、東京都に唯一残っている村で起きた事件だ。どちらも、赤川が傍にいたから乗り越えられたような気がする。

「あと、予定どおり、勝っちゃんも来ますからね。少し遅れるみたいですけど」

赤川は、それが奢ってもらう対価であるかのように言う。

いくら鈍感な赤川でも、薫が勝木のことを気にしていることを感じ取っているのだろうか。

そう思いつつも薫は、勝木という名前を聞いても、以前ほど嬉しくなくなっていることに気付いた。

そのとき、先ほどまで行っていた病院で、カウンセラーが発した余計なことを思い出した。

——案外身近にいる人が恋愛対象になることもありますからね。恋って、気付かないこともありますから。灯台下暗しって言うじゃないですか。

その言葉を聞いたとき、最初に頭に思い浮かんだのが赤川の顔だった。いつもへらへらと笑っている赤川。

「なんですか？」

口の周りをスナックの油でてらてらとさせている赤川が訊ねてくる。

顔が膨れているためか、相対的に小さく見える瞳を見る。ブルドッグのような、つぶらな瞳。あばたもえくぼ。欠点も長所に見える。

心臓が高鳴った。

「は？」

薫は、思わず驚きの声を発してしまった。

エピローグ

私は、凪いだ海を見つめていた。

逃げ切れたという実感を常に抱いているわけではないし、そもそも、完全に逃げ切れたという確信もない。

ただ、この凪いだ海を見ていると、呪縛から解き放たれたという思いが胸をじんと熱くさせた。

世の中には、近づいてはいけないものがある。それに近づいてしまったら、対処法はただ一つしかない。必死に逃げること。そうしなければ、自分が滅んでしまう。そんな類いのものが、たしかにこの世に存在する。

現に、私は崩壊しそうだった。本人は愛情表現と思っていても、それは私にとっては呪縛であり、脅威だった。

あの人に愛されるがゆえに殺されるという恐怖があった。逃げなければならないと思った。

だから、彼に頼んだのだ。声をかけてくれた、あの人の友人に。

どうしてそんな相談をしたのか覚えていなかったが、当時は必死だったのだ。

あの人からも、この状況からも離れたい。だから、死んだことにしてほしい。口から転がり出てきた言葉。

すると彼は興味を覚えたらしく、面白いことを考えてくれた。そして、死んだことにしてやると約束してくれた。私と彼のみが知る、私が死んだと思い込ませる計画。

多分、彼もそのプランを考えるのを楽しんでいたんだと思う。多少の危険はありそうだった。でも、結果として私のためにもなったから、ありがたかった。

舞台が用意され、最終的に私は死に、あの状況から解放された。生活基盤に未練はなかったし、あのままでは、殺されていたと思う。愛ゆえに、いずれあの人は私を殺しただろう。過激な愛を持ったあの人は、私を独り占めしなければ気が済まないようだったし、死を与えることで永遠に自分のものにできると考えているようだった。あの人には、異常性が備わっていた。

でも、今は、自由だ。

彼がそのきっかけを作ってくれた。今までの生活を完全に捨て、新しい環境で生きることができた。しかも、彼が移住費用まで援助してくれた。楽しませてもらった対価ということだった。

見た目は怖かったが、彼は、いい人だった。

海と空の境目を、視線でなぞる。

この場所は私が選んだ。ここは、移住者にも優しかった。

当時の環境を懐かしいと思うこともある。物質的に充足した生活。でも、今のほうが、心に余裕がある。この生活に満足していた。

私は目を細め、少し前に出会った女性の刑事のことを思い出す。

なにかに囚われたような雰囲気。会った瞬間、昔の私に少し似ているなと思った。

凪いだ海は、今の私の心を映し出しているようだった。

今の環境を嚙みしめる。

私は死んだのだ。死ぬことで、状況から逃れることができたのだ。

そして、生き返ったのだ。

自由を手に、生き返った。

右耳につけているピアスが揺れる。

よくアサギタテハに間違えられるが、このピアスは、アサギドクチョウを象《かたど》っている。同じ形で、同じ色。両者を見た目で見分けるのは難しい。二つは似ている。どちらが、どちらなのかを明確に判断できない。

しかし、まったく性質が違う。

アサギドクチョウには、毒がある。そんなものは持っていないといった優雅な容姿をしているが、たしかに、それはある。

近づく者を蝕《むしば》む毒。攻撃のための毒ではない。これは、身を守るための毒だ。自分が危険から逃れるための術なのだ。

自分を守るために、他者を狂わせる、毒。

笑みを浮かべる。

私は首尾良く、逃げられたのだ。

私は死んだことになっている。

この作品はフィクションです。作中に登場する人物名・団体名は実在するものとは一切関係ありません。

この作品は書き下ろしです。

中公文庫

私《わたし》はたゆたい、私《わたし》はしずむ

2021年7月25日　初版発行

著　者　石《いし》川《かわ》智《とも》健《たけ》

発行者　松田陽三

発行所　中央公論新社
〒100-8152　東京都千代田区大手町1-7-1
電話　販売 03-5299-1730　編集 03-5299-1890
URL http://www.chuko.co.jp/

DTP　ハンズ・ミケ
印　刷　大日本印刷
製　本　大日本印刷

Published by CHUOKORON-SHINSHA, INC.
Printed in Japan　ISBN978-4-12-207085-1 C1193

各書目の下段の数字はＩＳＢＮコードです。978－4－12が省略してあります。

中公文庫既刊より

い-127-1　ため息に溺れる　石川智健
立川市の病院で、蔵元家の婿養子である指月の遺体が発見された。心優しき医師は、自殺か、他殺か――。見えていた世界が一変する、衝撃のラストシーン！
206533-8

い-127-2　この色を閉じ込める　石川智健
人食い伝説を残す村で殺人事件が発生。住人の口から上がった容疑者の名は、十年前に死んだ少年のものだった。恐怖度・驚愕度ナンバーワン・ミステリー。
206810-0

い-74-5　つきまとわれて　今邑彩
別れたつもりでも、細い糸が繋がっている。ハイミスの姉が結婚をためらう理由は別れた男からの嫌がらせだった。表題作の他八篇の短篇集。〈解説〉千街晶之
204654-2

い-74-6　ルームメイト　今邑彩
失踪したルームメイトを追ううち、二重、三重生活を知る春海。彼女は、名前、化粧、嗜好までも変えて暮らしていた。呆然とする春海の前にルームメイトの死体が？
204679-5

い-74-7　そして誰もいなくなる　今邑彩
名門女子校演劇部によるクリスティー劇の上演中、連続殺人は幕を開けた。台本通りの順序と手段で殺される部員たち。真犯人はどこに？　戦慄の本格ミステリー。
205261-1

い-74-14　卍《まんじ》の殺人　今邑彩
二つの家族が分かれて暮らす異形の館。恋人とともに訪れたこの家で次々に怪死事件が。謎にみちた邸がおこす惨劇は、思いがけない展開をみせる！　著者デビュー作。
205547-6

い-74-16　ブラディ・ローズ　今邑彩
薔薇園を持つ邸の主人と結婚した花梨。彼の二番目の妻は墜落死を遂げたばかりだった――。花嫁に届く脅迫状の差出人は何者なのか？　傑作サスペンス。
205617-6

い-74-17
時鐘館《とけいかん》の殺人
今邑　彩
ミステリーマニアの集まる下宿屋・時鐘館。姿を消した老推理作家が、雪だるまの中から死体となって発見された。犯人は編集者か、それとも？　傑作短篇集。
205639-8

い-74-18
赤いべべ着せよ…
今邑　彩
「鬼女伝説」が残る町で、幼い少女が殺され、古井戸から発見された。二十年前に起きた事件と、まったく同じ状況で……。戦慄の長篇サスペンス。
205666-4

い-74-20
金雀枝《えにしだ》荘の殺人
今邑　彩
完全に封印され「密室」となった館で起こった一族六人殺しの犯人は、いったい誰か？　推理合戦が繰り広げられる館ものミステリの傑作、待望の復刊。
205847-7

い-74-21
人影花
今邑　彩
見知らぬ女性からの留守電、真実を告げる椿の花、不穏な野鳥の声……日常が暗転し、足元に死の陥穽が開く。文庫オリジナル短篇集。〈解説〉日下三蔵
206005-0

さ-65-1
フェイスレス　警視庁墨田署刑事課　特命担当・一柳美結
沢村　鐵
大学構内で爆破事件が発生した。現場に急行する墨田署の一柳美結刑事。しかし、事件は意外な展開を見せ、さらなる凶悪事件へと……。文庫書き下ろし。
205804-0

さ-65-2
スカイハイ　警視庁墨田署刑事課　特命担当・一柳美結2
沢村　鐵
巨大都市・東京を瞬く間にマヒさせた〝C〟の目的、正体とは⁉　警察の威信をかけた天空の戦いが、いま始まる‼　書き下ろし警察小説シリーズ第二弾。
205845-3

さ-65-3
ネメシス　警視庁墨田署刑事課　特命担当・一柳美結3
沢村　鐵
人類救済のための殺人は許されるのか⁉　日本警察、そして一柳美結刑事たちが選んだ道は？　空前のスケールで描く、書き下ろしシリーズ第三弾‼
205901-6

さ-65-4
シュラ　警視庁墨田署刑事課　特命担当・一柳美結4
沢村　鐵
八年前に家族を殺した犯人の正体を知った美結は、復讐鬼と化し、警察から離脱。人類最悪の犯罪者と対峙する日本警察に勝機はあるのか⁉　シリーズ完結篇。
205989-4

各書目の下段の数字はＩＳＢＮコードです。978 - 4 - 12が省略してあります。

さ-65-5
クランⅠ　警視庁捜査一課・晴山旭の密命　沢村鐵
渋谷で警察関係者の遺体を発見。虚偽の検死をする美人検視官を探るために晴山警部補は内偵を行うが、そこには巨大な警察の闇が——！　文庫書き下ろし。
206151-4

さ-65-6
クランⅡ　警視庁渋谷南署・岩沢誠次郎の激昂　沢村鐵
同時発生した警視庁内拳銃自殺と、渋谷での交番巡査銃撃事件。警察を襲う異常事態に、密盟チーム「クラン」がついに動き出す！　書き下ろしシリーズ第二弾。
206200-9

さ-65-7
クランⅢ　警視庁公安部・区界浩の深謀　沢村鐵
渋谷駅を襲った謎のテロ事件。クランのメンバーは「神」と呼ばれる主犯を追うが、そこに再び異常事件が——書き下ろしシリーズ第三弾。
206253-5

さ-65-8
クランⅣ　警視庁機動分析課・上郷奈津実の執心　沢村鐵
包囲された劇場から姿を消した「神」。その正体を暴く鍵は意外な人物が握っていた。警察に潜む悪との戦いは佳境へ！　書き下ろしシリーズ第四弾。
206326-6

さ-65-9
クランⅤ　警視庁渋谷南署巡査・足ヶ瀬直助の覚醒　沢村鐵
警察閥の大量検挙に成功した「クラン」。だが「神」の魔手は密盟のトップ・千徳に襲いかかり——。迫り来るクライマックス、書き下ろしシリーズ第五弾。
206426-3

さ-65-10
クランⅥ　警視庁内密命組織・最後の任務　沢村鐵
非常事態宣言発令より、警察の指揮権は首相へと移った。「神」と「クラン」。最後の決戦の行方は——。シリーズ最終巻、かつてないクライマックス！
206511-6

さ-65-11
雨の鎮魂歌《レクイエム》　沢村鐵
中学校で見つかった生徒会長の遺体。次々と校内を襲う異常な事件。絶望の中で少年たちがつかんだものとは。「クラン」シリーズの著者が放つ傑作青春小説。
206650-2

さ-65-12
世界警察1　叛逆のカージナルレッド　沢村鐵
殺人、戦争、テロ。すべては警察が止める。二一世紀末、理想社会が実現した日本を襲う武装蜂起に、刑事たちが立ち向かう。圧巻の書き下ろし新シリーズ。
207045-5